ひぐらし武士道

大江戸剣花帳

下

どの角度から眺めても美しい御所。寛永十一年**将軍家光**は三十万余の軍勢を率い『**将軍権力誇示の上洛**』を挙行。その帰路、御三家筆頭尾張に立ち寄る事を約束したが無視して素通り。激怒した尾張は武器庫を開き**宣戦布告**に走った。

写真・文／編集部

宗重六歳の時。木刀を手に巨木相手に戯れる宗重を見守っていた剣聖柳生宗矩は幼子の足元が青紫色に輝いた事に驚愕。彼は幼子を手招き告げた。『今後の己れの人生において必要と判断した時は柳生の姓を用いることを許す』と。幼子は深深と頷いた。剣客の道へと踏み入った一瞬であった。

徳 間 文 庫

ひぐらし武士道

大江戸剣花帳[下]

門 田 泰 明

徳 間 書 店

目次

第七章

一

月下の大外濠川沿いに牛込御門近くまで歩くと、川岸に目立たぬよう一艘の猪牙船が、へばり付いていた。船首近くに女が二人、蹲るようにして乗っている。そして船尾には、これも蹲って二十歳くらいに見える若そうな男。

玄三が声をかけた。気さく、な調子だった。

「おい兄ちゃん、調子はどうだい」

「あ、これは玄三親分。お見回り御苦労様です。今夜は、御蔭様で」

「あまり悪どい稼ぎをするんじゃねえぞ」

「何処の誰様に借りてる船か知らねえが、川船御奉行様に目を付けられねえようにしな」

「滅相も……」

「それはもう……で、玄三親分は、これからどちらへ」

「うん、水道橋の少し向こうへな」

「じゃ、乗っておくんなさい。あっし達も、そちらへ回ろうかと話していたところなんで」

「いいのかい」

「へい。玄三親分なら何処へなりと」

宗重（むねしげ）は、玄三の話の呼吸に感心した。ぐいっと相手を見据えてはいるが、声にはどこか相手を思うやわらかな響きがあった。かと言って、相手に迎合している、という風ではない。

四人を乗せた猪牙船が静かに川岸を離れると、船首近くにいた二人の女が遠慮がちに振り向き、青白い月の下、玄三に向かって小さく会釈をした。若くはない女たちだった。

玄三は、あらぬ方角へ顔を向け、気付かぬ振り。明らかに夜鷹と判る女たちゆえ、素知らぬ振りを決め込んでいるのであろうか。

町方から見れば、この猪牙船は春を売るいわば密航船だった。密かにカネを稼ぐ訳だから、川船奉行にとっては取締りの対象となる。川船奉行に代わって町方が乗り出しても別段差し支えなかったが、それでなくとも治安の悪化で手不足な町方は好き好んで首を突っ込んだりはしない。

寛永十年（一六三三年）に設けられた川船奉行は、戦や公務に必要な役船徴集を目的として、川船の実態把握、商品流通船などに対する年貢役銀の徴収、などを任務としていた。二、三名の川船奉行を置いて御役目交替制とし、主として小禄の旗本がこれに就いている。

が、全川船を充分に所管できるだけの要員は揃っておらず、ともすれば川船行政は滞りがちで、月夜の猪牙船に乗った娼婦の取締りに手を回すだけの余裕などはなかった。

下り船の足は早く、あっという間に水道橋を過ぎた。

「ありがとよ。そこの栈橋に着けてくんな」

　玄三が指差す川岸に、貧弱な栈橋があった。船を操っていた若い男が「へい……」と、船首を川岸へ向ける。

「あれえ。おい、このような所に栈橋など在ったか？」

「さ、さあ。あっしは……」

「また誰かが勝手に客引き用の栈橋を作りやがったな。権次じゃねえだろうな」

と問い詰める玄三であったが、口調は厳しくなかった。

「権次兄貴じゃねえと思います。あっしは栈橋のことなんぞ、聞いちゃあいませんから」

「権次によく言っとけ。調子に乗っていると、そのうち首が吹っ飛ぶぞってな」

「判りました。言っときます」

猪牙船が横付けになって、貧相な栈橋が軋んで揺れた。

「若様、お足元にお気を付けて下さいまし」

「大丈夫だ」

　宗重は船から降り、先にひとり栈橋から川岸へあがった。振り返ってみると、玄三が若い男に対してでなく、二人の夜鷹に何やら手渡していた。幾らかの銅銭でも握らせたのであろうか。

この時代の銅銭と言えば、寛永十三年（一六三六年）に発行された寛永通宝である。

宗重は川岸へあがって来た玄三と、肩を並べて歩いた。

月は尚さえて、江戸の町はさながら真昼の如きであった。

「夜鷹は、あのような船でも商売をしておるのか」

「夜鷹船の三分の一は権次が仕切っているんですよ。何度も、止せ、と言っているんですが、聞く耳持たねえって奴で」

「町方が厳しく出れば、権次も考えを改めるだろうが」

「それが若様、権次は鼻つまみ者で御坐んすが、あれでどうして、夜鷹には滅法、優しいんですよ」

「ほう……あくどく上前をはねるのではなく、優しいのか」

「夜鷹ってえのは誠にひどい生活をしておりましてね。今の夜鷹船の二人も亭主を病気で亡くして、それぞれ二、三人の幼子と年老いた亭主の両親を抱え、女の細腕で面倒見ているんですよ。幾日も雨が降って春を売れない時なんぞ、家族四、五人が甕に溜めた水を啜って飢えを凌ぐんでさあ」

「なるほど、それを見知っている権次はとてもじゃないが、上前などはねられない訳だ」

「はい。権次の育ちについちゃあ知りませんが、似たような境遇だったんでしょうかねえ」

「案外そうかもな」

「だから若様、高伊の旦那も、あっしも、心底から権次を憎み切れねえんで御坐んすよ」

「判った」

宗重は頷いた。

どれほどか歩いて上野忍岡(現、台東区上野)辺りまで来たとき、「若様あれで御坐います」と玄三が少し先を指差した。そこは幸運にも大火を逃れた一角で、さほど大きくもない古い商家が通りの左右に建ち並んでおり、その一番奥の左角の建物が、やけに賑やかだった。広い間口から通りへ明りが漏れ、職人法被を着た男達が次々に入っていく。

「御上(おかみ)もなかなか粋(いき)な事をなさるじゃありませんか。あの店は御府内再建を目指し日夜働いてくれる職人達のためにって、三月(みつき)程前に御上の肝煎(きもい)りで出来た店でしてね、酒も飯も一丁前な味なんですよ」

「ほう、そのような公設の店があったとはな」

「御府内へ、どっと流れ込んできた職人達の多くは独り身ですからね。町家が多いこの界隈(かいわい)じゃ毎晩のように若い連中の喧嘩(けんか)が絶えず、その仲裁をする町方の負担がこれまた大変で御坐んして」

「はははっ、そうであろうな」

「あの店の名ですが、忍ぶ酒ってんですよ。忍ぶ酒屋とは言わねえんです」

「ふーん。屋を付けずに、忍ぶ酒、か。なんとなく胸にしみ込んでくる名だな」

「それなんですよ若様、忍ぶ酒が出来てからってものは、毎晩のようにありましたこの界隈での喧嘩騒ぎが、ピタリと無くなりましてね」

「それは驚きだな」

「店の名が、職人達に古里を思い出させるんでしょうかねえ。ま、ともかく参りましょう」

「うん。今夜は飲むか」

宗重は玄三の後に従った。

縄暖簾をくぐって忍ぶ酒に入った宗重は、その造りと広さに「ほう……」と小さく声を漏らした。商家二軒分ほどを打ち抜いた店内で、腰かけ床几が両壁に沿って二列、奥へ向かって伸びていた。珍しいのは床几の前に太い丸太を横切り（輪切り）にした高さ二尺ばかりのものが立ち並んでいることだった。面は平なもの、少し傾斜のあるもの、かなりの傾斜のもの、と様々であったが、その上に枡酒や肴を並べて大勢の職人達が陽気に喋りまくっている。醬油樽を逆さにひっくり返して卓台としているのもあった。

よく見ると職人達だけでなく、侍や小股の切れ上がった感じの姐さん達も、その辺りこの辺りに混じっていた。

実は、この太い丸太を輪切りにしたものが、江戸の飲食店に於ける洋卓の始まりにつながっていくものであったのだが、そんなこたあ客の誰もが意識していなかった。「こうすりゃあ長い時間、喋り合いながら飲み食いするのに便利だ」と、気を利かせてこれをしつらえた客の職人にしたって、同じである。その職人は大橋（後の両国橋）の橋脚の設計に携わっており、実際に橋脚を準備していく段階に入っていた。丸太を輪切りにした卓台は、橋脚に整えた丸太の、いわゆる端切れの部分だった。むろん御上の許しを得て公設の忍ぶ酒に持ち込まれている。

　この時代、広い御府内で店構えになった居酒屋なんぞを探すのは、まだ容易ではなかった。一軒たりとも存在していなかったと断定するほど時代遅れではなかったが、たいていの外食は担ぎ屋台（振売）などでの立ち食いが多く、賑やかな門前町のちょいと小粋な店でも、店先の腰かけ床几に腰を下ろしてその傍らに酒肴・飯を置くというのが目立った。

　尤も昨年（一六五七年）の大火のあと御府内へそれこそ爆発的に職人や無頼者、百姓や上方商人が流れ込んできたこともあって、江戸の外食産業はその形態も種類も大変貌期に入らんとしている。

　その表れの一つが、忍ぶ酒であると言っても差し支えない。

「若様、こちらへ……」

　玄三が小声で奥まった席へ宗重を案内した。十手持ちの玄三と気付いたのか、それとも大工仲間としてなのか、それまで喋りまくっていた若い職人たち幾人かが玄三に会釈をした。玄三が「よ……」と言葉短く応える。

「注文は、あっし好みでよろしゅう御坐いますか」

「うん、任せよう」

「ここの酒は〝隅田川〟なんですよ」

「そいつぁいい。あれはいける」

草履を鳴らして注文を聞きに来た店の小僧に、玄三が〝隅田川〟と肴二、三品を注文した。ほぼ満席で、店内は大変な熱気だった。

銘酒の誉れ高い〝隅田川〟は、浅草並木町（現、台東区雷門二の十九辺り。地下鉄銀座線浅草駅近く）の山屋半三郎（寛永年間創業）が醸造したもので、浅草寺高僧から〝隅田川諸白〟の銘を賜っていた。

諸白とは、米でつくった上級酒、を意味している。

そのような銘酒、町人が普段、飲める訳がない。それがこの忍ぶ酒で飲めるのは、御上が店の運営を日本橋、京橋界隈に在る酒問屋の組合に委ねているからであった。

なぜ委ねたのか？　それは幕府がこの年に布告した酒造制限令の、まあ見返りとも言うべきものだった。したがって店の売上に対し、上納金は課さない。そのかわり職人達に対し廉価で酒食させる、というのが条件だった。むろん、職人達の疲労や不満を鎮める、治安上の効果も狙っていた。

酒造制限令は、大火のあとの米価高騰に対処するためのものだった。酒問屋の組合も、その点は心得ていたから、忍ぶ酒の運営は気持よくいっていた。「慶安の変」でヒヤリとした幕府は、政治という怪物は締め付けるだけでは上手く運ばない、と学んだのであろう。政策緩急自在の法則を、その肌で感じ取っていたと言うことになろうか。

宗重と玄三は、〝隅田川〟と肴が運ばれてくると、たちまちの内に店の雰囲気に呑み込まれていった。職人達の声高な笑い声、姐さん達の妖し気な鼻歌、女に振られたらしい若侍の愚痴、江戸の青春がいま夜の忍ぶ酒に満ち溢れていた。

「……ところで若様がお生まれになったのは、いつなのか、お教えくださいませんか」

少し酒がまわって顔が赤くなり始めた頃に、まわりを憚る囁き声で玄三が訊ねた。態度も言葉も、宗重に対する作法を微塵も崩してはいない。このあたりが玄三の、えらいところであった。

「寛永七年十一月だ。二十八歳になるが、早く嫁を貰えなどと言うではないぞ」

宗重も小声で答えた。苦笑していた。

「いつも御殿様から、言われておいでなさいますので？」

「いや、父上はそうでもない。こういう問題はどこでも、女親の方が口うるさいと決まっておるそうだ」

「子供に対する女親の情には、特別なものが御坐んすからね。うちの女房なんぞは、赤ん坊をまるで猫っ可愛がりでして」

「猫っ可愛がりは、男親の方がひどい、と言うぞ。玄三も案外、そうではないのか」

「へい。自慢じゃないですが実は、あっしもでして」

二人は天井を見上げて、笑った。

このとき宗重は自分に向けられている視線を右の頰に感じて、その方へ顔を向けた。

「お……」と彼は思った。見覚えのある顔が丁重に会釈をした。幕府御用達の刀剣商相州屋の末娘芳(よし)と一緒に小間物商紅玉屋へ行く途中で出会った、芳の交際相手とかいう男だった。

「玄三……」と、矢張り低い声の宗重。

「へい」と、玄三も小声で答える。

「こちらを見ている右手斜め方向のあの男……」

「気付いておりやした。若様を、じっと見つめておりましたが、御存知の男で?」

「相州屋の末娘芳の交際相手だ」

「えっ、あの男が……一体何者なんです。小綺麗(こぎれい)な身なりから見て、まるっきりの町人とも思えませんがね」

「私にも判らんのだ。貝原篤信(かいばらあつのぶ)というらしいのだが、一緒に飲もう、と声を掛けてみてくれぬか」

「やってみましょう」

玄三が立ち上がって、男の方へ歩いていった。

宗重は酒を口元へ運びながら、なお立て混んできた店内を、さり気なく見回した。

剣客の目であった。油断がなかった。腰帯から抜き取った大刀は左膝すぐ内側で、丸太の卓台に立て掛けてある。

玄三が、自分の酒と肴を手にした芳の交際相手を連れて、引き返してきた。一見、二十四、五に見えた男であったが、間近で見ると、そうでもないので、「自分と同じくらいか」と宗重は思った。

「やあ、一緒に飲みませんか」

宗重は相手を、自分と玄三で挟む位置に座らせた。言葉遣いも、気さくにした。

「私……」と相手が名乗ろうとするのを、宗重は軽く手を上げて制した。

「お芳から聞いていますよ。ま、固苦しく名乗り合うのは後回しにして、ともかく飲みましょう」

三人はまわりの雰囲気に引き込まれて、たちまち旧知の間柄のようになった。

宗重も玄三も驚いたのは、相手の話の豊かさであった。機知に富んでいた。天真爛漫(しんらんまん)でもあった。話の随所で、玄三が口を開け、呆(あき)れ返る程だった。

「驚きだ。あんたの話、一風変わっていて面白いね」

玄三がそこで改まり「大工の玄三だ」と名乗った。初対面の相手に十手持ちだとは言わなかった。相手も貝原篤信だと名乗った。宗重は「仕事求む、の素浪人です。ま、宗重とでも、宗さんとでも呼んでください」という言い方で済ませた。貝原篤信は、「じゃあ宗さんにします」とにこにこ顔で言い、玄三を少し慌てさせた。

宗重の身分素姓は、どうやら相州屋の芳から貝原へ伝わってはいないようだった。さすが作法教育の行き届いた、相州屋の娘だった。宗重のことに関して、心得ておくべきことは、心得ているのだろう。

「ところで、あんた、生まれ年はいつ?」

玄三が訊ねると、予期せぬ返事が貝原篤信の口から返ってきた。

「寛永七年十一月です」

「寛永七……えっ」と、反復しかけた玄三が背筋を反らせて目を見開いた。

「若、いや、宗さんと同じではないですかい」

「ええっ、本当ですか」と、今度は貝原篤信がびっくりする。

「同期じゃないか」と、宗重は微笑んで相手を見つめた。

「同期ですかあ。こいつぁ愉快だ」

貝原篤信が「わははっ」と笑いながら二度三度、宗重の肩を掌(て)で乱暴に叩き、また玄三が少し慌てた。

二

宗重は翌朝、暁七ツ寅(とら)の刻ごろ(午前四時ごろ)に、そっと駿河屋寮を出た。町人達が、一般的に〝旅の早発(だ)ち〟と称している時刻である。

一体このような早朝に何処へ出かける積もりなのか?

着ているものも、いつもとは違っていた。着流しではなく、小袖に下は切袴(きりばかま)をはいている。明らかに、俊敏に動き易(やす)い着衣だった。

宗重が駿河屋寮から次第に遠ざかっていくと、寮向かいの家陰から三人の侍が現われた。昨夜に比べ月は大きく位置を変えてはいたが未だ空にあって、御府内に皓々(こうこう)たる明りを降らせていた。

頷き合った三人の侍のうち一人が、宗重を尾行し始め、残る二人は再び家陰に姿を消した。おそらく柳生飛騨守宗冬の命を受けた手練の者たちなのであろう。
宗重は水道橋を渡り、内堀に沿うかたちで、番町の東側筋を南へ、つまり溜池方面へ向かった。水道橋から溜池への、最短距離である。

彼が虎の御門に差し掛かる時刻になっても、月はまだ空にあった。

江戸城は多くの御門に囲まれている。中心部には大手門、内桜田門、西の丸大手門など六大門があって、これの警備は厳重であった。さらに、それぞれの堀の随所に数多くの御門が設けられ、いずれの大名、旗本も禄高によって使える御門が決められていた。

たとえば大手門は譜代大名十万石以上、内桜田門は譜代大名五万石以上、といった具合にである。したがって宗重の父酒井讃岐守忠勝の登城口は、六大門の第一である大手門であった。

各御門の警備は、門の格式に沿って大名、旗本に委ねられ、その期限はおおむね二、三年といったところ。大手門になると、騎馬侍九、徒侍三、弓十張、槍二十本、鉄砲二十挺、提灯三十、といった手勢で厳しく警備される。

しかし大外濠川に対面する虎の御門などは旗本の通用門で、御門の両側に当番の旗本家の下役二人が立っているだけで、さほど口やかましいものではなかった。なにしろ御門の内側には何百何千の旗本が住んでいるのであるから、うっかり格上の旗本に「待たれい」などと声をかければ、面倒なことになりかねない。しかも大外濠川の向こうにも多くの旗本屋敷が存在する訳で、旗本同士の往き来も絶えずあることから、現実にはほとんど出入り自由の御門であった。このように人の往き来が頻繁な格の低い御門は、昼夜開いていることが少なくなかった。しかも欠かさず、きちんと虎の御門をはじめ赤坂（あかさか）、四谷（よつや）、市ケ谷（いちがや）などのいわゆる外郭門に門衛が立つようになったのは万治二年（一六五九年）九月からである。

宗重は御門橋を渡ると少し行った所で立ち止まり、ゆっくりと振り向いた。

若侍が一人、足早に近付いてきた。ほんの僅（わず）か頭と腰を下げ気味の姿勢は、宗重を敬う者の意思の表れなのであろう。

宗重の前に立った彼の目つきは鋭く、全身に落ち着いた精悍（せいかん）さが漲（みなぎ）っていた。柳生家の中でも相当の使い手であることが、宗重には判った。剣客は剣客が判る、だ。

「お差し支えなければ、御供させて戴（いただ）きまする」

若侍は名乗らず、伝える必要ある用向きだけを、口にした。

「いつも気遣ってくれて誠に申し訳ない。有難く思っています。が、これより行く所へは、私一人で行かせて戴きたい」

「では、行き先だけでも御教えくださいませ」

「この先の溜池の畔(ほとり)が、桐畑に造成されつつあることを御存知か」

「存じております。確か桐畑の中に無人の小屋敷が、幾つか在ったと思いまするが」

「その無人屋敷の一つに参るのだ」

「重ねてお訊ね申し上げまする。私が御供させて戴きますのは、ご迷惑で御坐いましょうか」

「その方が関われば、柳生家に迷惑が及ぶ。それよりも、私が桐畑の無人屋敷へ出向くことだけは、小父上に伝えて貰いたい」

「判りました。急ぎ伝えまする」

「頼む」

「宗重様……」

「何卒、御身くれぐれも御大切になさいませ」

「ん？」

「心得た」

宗重は踵を返して歩き出し、若侍は逆の方角に向けて駈け出した。駿足であった。

目的の小屋敷の位置を、玄三から詳細に聞かされている宗重は、桐畑の中のそれをすぐに見つけた。ちょうど浪人が一人、門の脇へ「ペッ」と唾を吐き捨て、屋敷の中へ入っていくところだった。このような早朝、一体どこから帰って来たというのであろうか。大名家の下屋敷で中間賭博に夢中になっていたのか、それとも吉原ででも遊んでいたのか。

宗重は一歩また一歩、ゆったりとした歩き方で小屋敷に近付いていった。門扉は開かれたままだ。

と、なぜか脳裏に、大口を開けて笑っている貝原篤信の顔が、浮かんできた。とにかく、よく呑みよく笑う明るい男であった。いい酒だった。身分素姓は、まだ訊いていない。そんなこたあ、どうでもいい、という気分にさせる貝原篤信であった。

十名は超えるであろう小屋敷の門前で、宗重は足を止めた。相手は、世鬼一族及び杉之坊明算の末裔が加わる集団である。只者でない相手だ。

宗重は、此処にこうして立っていることを既に奴等に気付かれているかも知れぬ、とさえ思った。

脳裏から貝原篤信の笑顔が消え、表情厳しくなった宗重の左手が鯉口に触れた。彼は門内へ一歩入り、足元から其の先にかけて用心深く目を凝らした。足の裏にとって厄介なもの、たとえば鉄菱などは、どうやら撒かれていないようだった。宗重の履物は、雪駄である。上物の草履の裏に皮を張ったもので、上方からのいわゆる〝下り物〟であった。

おそらく京あたりの老舗で編まれた物なのであろう。町人の履物は、下駄、草鞋などである。

鉄菱の鋭い針先は、雪駄、草鞋などを容易に貫通して、足の裏に損傷を与える。針先に猛毒が塗られておれば、それこそ取り返しのつかない事態に追い込まれる事となる。

宗重は足音を立てぬよう、表の庭先へ入っていった。外から眺めた屋敷の印象よりも、広い庭であった。荒れ果て、膝の高さまで雑草が生い茂っていた。雑草を踏み倒せば、微かであるにしろ音が出る。袴と雑草がこすれても音が出る。気が抜けなかった。世鬼一族や杉之坊明算の血を引く手練が、そういった音を聞き逃すとは思えない。

表の庭の中ほどまで来て、宗重は歩みを留めた。

敷地二百数十坪、部屋数五つ六つ、と彼は屋敷の規模を読み取った。

微禄旗本の屋敷と言えば、この程度のものである。

ひと部屋に二人の不埒者が眠っているとすれば、十名から十二名。三人だとすれば十五名から十八名。

宗重は静かに五郎入道正宗を抜き放った。刃が月明りを吸って雨戸に光を写した。

彼が表門へ、チラリと視線を流す。いつのまにか其処に人影が一つあって、ゆるゆると門扉を閉じていた。慌てもうろたえもしていない、人影であった。

宗重が来ると予感していて、門扉を開いたままにしておいたのであろうか。門扉に閂を通すと、その人影は音一つ立てず玄関内へ消え去った。落ち着き払っていた。

あとは静寂。雨戸の向こうからは、全く人の気配が伝わってこない。だが宗重には、（来る……）と判った。人の気配なきことが、宗重にとっては気配であった。

彼は足音を忍ばせ、裏の庭先へと回った。

裏の庭とは言っても、表の庭に対しての裏、という意味であり、裏の庭の方が広くて泉水（池）や築山が設けられた本庭である場合が少なくない。

だが、この小屋敷の裏庭は、その名の通り裏庭でしかなかった。雑草に埋め尽くされ、痩せ枯れた植木が二、三本あるだけの、狭い庭だった。けれども、雑草はほぼ踏み倒されていた。どうやら連中は、表通りからは目立たぬ狭い裏庭で、武芸の鍛練をしていたようだった。狭い裏庭とは言っても、二、三組が撃剣できるくらいの広さはある。

宗重は、真正面の雨戸へ、五郎入道正宗の切っ先を向け、正眼に構えた。

絵に描いたような、流麗な構えだった。

と、それを待っていたかのように切っ先を向けられている雨戸がカタリと鳴り、薄気味悪いほど穏やかに開けられた。続いて、その左右の雨戸が、戸袋の方へと押しやられていく。

幾本もの燭台で明るい座敷を背にして、縁側に男達がズラリと立ち並んでいた。その数、十三名。誰一人として覆面で顔を隠している者はおらず、着ているものは質素であった。要するに素浪人の態。

宗重は、微塵も構えを崩さなかった。

中央の、いかつい顔つきの首魁らしき男が口を開いた。年齢の頃は四十一、二と言ったところか。

「お手前の身分素姓は、承知致しており申す。こうして顔を突き合わせたからには、先ずは我等の話に耳を傾けて戴きたい。刀を収めて下さらぬか」

宗重は答えず、構えを崩さなかった。どうか紀州藩を救ってくだされ、と言った田宮平兵衛長家の必死なまなざしが、一瞬だが目の前に浮かんで消えた。

「繰り返し御願い申す。刀を引いて我々の活動方針を聞いて下さらぬか。できれば、お力をお貸し戴きたい。なに、謝礼はきちんと御支払い致すゆえ」

「謝礼とな……」

宗重の口元が緩んだ。それを妥協の笑み、と受け取ったのか、相手は続けた。

「二百、いや三百両で如何(いか)がか。それ以上は、ちと難しゅう御坐るが」

「それ程の大金を持っている割には、みすぼらしい風体と見たが」

「我々の活動のために、長い時間をかけ大切に蓄えてきた資金で御坐る。かように風体はみすぼらしくとも、身は清廉にして潔白」

「江戸の町に火を放って十万の民を殺害し、なおかつ放火の現場を目撃したる女とその夫を殺して幼子を天涯孤独とせし鬼畜の悪行。それが貴様らの活動とやらであろう。身は清廉にして潔白とは笑止。政治(まつりごと)を司(つかさ)どる幕府要人とて、いま時さような臭(くさ)い言葉(せりふ)は吐かぬわ」

「な、なに」

「天涯孤独の幼子を何がなんでも抹殺したければ、先ず私を倒してみよ。尤も、貴様らの腐(くさ)れ剣法など私には届くまいが」

「ふん。下手(したて)に出れば調子づきおって。もと御大老様の血を引くからと言って、余り反るではないわ。たかが隠し妾の腹から出てきた、腐れガキではないか」

「その腐れガキを、腐れ剣法で見事倒してみるか」

「おう。倒さいでか」

十三名の手練が一斉に抜刀した。いや、抜刀しようとした刹那、宗重の足は中央の首魁らしき相手に向かって地を蹴っていた。

彼等の剣はこの瞬間、鯉口からまだ一、二寸しか抜けていなかった。それほど激発的な宗重の先制攻撃であった。

首魁らしき男の足下、縁の下には大きな踏み石があって、そこを上がって一気に真正面から斬り掛かってくる宗重の凄まじい勢いに、相手は慌てた。

だが宗重は踏み石の手前から、右手に向かって軽々と跳躍していた。五郎入道正宗が、首魁らしき男から三人目の右肩を叩き割るように斬り落とし、その切っ先は休まず半円を描いて下から上へと撥ね上がった。

隣の左肩が、ほとんど同時に腋の下から切断されて、宙に舞う。

想像を絶する五郎入道正宗の鋭利な〝切れ〟に、片腕を失った二人は気付かず、断末魔の悲鳴を上げたのは宗重が元の位置近くへ、フワリと退(さ)がってからだった。圧倒的な先制の一撃であった。まさに瞬剣であった。

残った十一名が、抜刀し矢張り正眼に構えた。あっという間に仲間二人を倒されたが、動じていない。

東の空の一部が、うっすらと白み始めていた。

縁側の手練たちが、宗重を囲もうとしてか庭先へ下りる動きを見せた。宗重が正眼の構えのまま、滑るように前へ出る。気負いなく、流れるような足運びだった。

凶者たちが、反射的に退がった。一糸乱れぬ、呼吸を揃えた後退だった。

宗重は、中央の首魁らしき男と、目を合わせていた。その男の目の動き、呼吸、切っ先の揺れ、が全体の動きにつながると読んでいた。

凶者たちが、またしても庭先へ下りる動きを取った。いや、取ろうとしたその瞬間、宗重の激烈な第二撃が迸(ほとばし)った。今度は、首魁と覚(おぼ)しき男が、真っ向うから挑まれた。多勢に無勢で、守勢に立たされて当然の宗重が、面、面、面、面と矢のように連打する。激突し火花を散らす五郎入道正宗と相手の凶刀。首魁態は一気に押されて退がり、十畳三間続きの座敷の中央で二人は対峙した。これが、宗重の計算であった。

そうと知ってか知らずか、凶者たちが対峙する二人を取り囲んだ。

宗重の目は、首魁らしき男の目を、しっかりと捉えている。

「幼子の母親殺害を命じたのは、貴様か」

半歩迫った宗重が、息ひとつ乱さずに問いかけた。

「それがどうした」と、首魁らしき男が唇の端で小さく笑う。僅かに、呼吸に乱れがあった。

「矢張り貴様が、狼どもの頭か。道理で下種な臭みが漂っておるわ」

「それがどうした、と訊いているんだよ。え、それがどうしたと」

首魁は、下品にせせら笑った。浪人救済の一環として、このような人物が紀州藩に登庸されていたとなると、確かに深刻な事態であった。

対峙する宗重と凶者を囲む輪が、ジリッと狭まった。五郎入道正宗が正眼の構えから、下段へとゆっくり下がる。狭い空間での動きに備えた、変化であった。身軽な忍び侍の躍動を防ぐには、戸外よりも屋内、と選択した宗重である。

「いやあっ」

背後の二人が宗重に迫って退がった。早い動きであった。

「えいっ」

続いて右手の二人が、宗重めがけ大きく踏み込んで飛び退がった。これも目の醒めるような一瞬の動きであった。揺さ振りである。宗重の〝気〟つまり集中力を乱そうとしているのだ。

しかし、下段に構えた彼の切っ先は、凍てついたが如くであった。視線は目前の首魁の目に集中している。

今度は左手の大男が、無言のまま打ち込んできた。いや、打ち込もうとした、と言い直すべきであった。大男の切っ先が僅かな揺れを見せた途端、一気に男の面前にまで迫った五郎入道正宗が、下段から天井に向かって走っていた。

まるで閃光であった。燭台の明りを吸った蜜柑色の閃光であった。空気が悲鳴を上げた。

ガツッと鈍い音を立てて下顎を斬り割られた大男が、何やら喚きながら阿修羅と化して逆襲に転じた。

下顎から鮮血を噴き出しつつ、面、肩、面、肩と渾身の力で宗重を打ちまくる。

手負いの阿修羅には気を付けよ。そのように恩師観是慈圓から教え込まれてきた宗重であった。手負いの阿修羅の剣は、激憤の余り死への恐れを超越している場合があることから、まぐれで相手を倒しかねない。

怒濤のような大男の斬り込みを受け返しつつ、宗重の足がジリジリと退がった。背後の一人が大上段に振りかぶり、別の一人が腰を低くして宗重の脚を狙うかのように、待ち構える。

「喰えいっ」

下顎から血玉を散らしながらも勝算ありと読んだのか、大男が右脚を深く踏み込みざま、宗重の首へ斜め上段から激しく斬り下ろした。

だが、その凶剣は宗重の背後へ、空を切って打ち下ろされた。宗重はこの時すでに大男に密着する位置にあって、相手左腰の脇差を左手で奪っていた。

大男が慌てる間もなく、その脇差が撥ね上がって右腋に深々と食い込む。

喉を反らせて大男が絶叫するのと、凶刀を手にした彼の右腕が体から離れて落下するのとが同時であった。

大男が仰向けに古畳の上に叩きつけられてドスンと音を立て、振り返った宗重の手から下手投げ気味に脇差が飛んだ。

宗重の脚を狙うかのようにして腰低く構えていた凶徒の鳩尾に、脇差がズブリと突き刺さる。

「あと九名……」

不敵にも呟いた宗重は、再び首魁と目を合わせて正眼に構えた。剣聖観是慈圓の不殺の理念を背景に置く、必殺の剣技〝慈圓念流〟に於いては、この正眼の構えこそを重要な基本としており〝体中剣〟と称した。己れの腹の中央・臍と刀身を一直線で結び切っ先を眉間の先ほぼ九尺の中空に静止させる。

この静まり返った構えの中、五体五感はすでに次の強固な防禦と峻烈な攻撃に備えて、弦を最大限に張っているのだった。

宗重の攻撃剣速を慈節上人は「……光じゃ、閃光じゃ、矢のような一撃じゃ……」と評したが、それは正にこの体中剣を源としている。

と、首魁が寸分のスキも見せず、奇妙な構えに移っていった。それまでの正眼の構えを、大上段に振りかぶったのだ。左脚をやや前に出し、鋩子（切っ先）は後ろ首深くにまで垂れ下がっていた。つまり対峙する宗重には、相手の切っ先が全く見えなくなったのである。

宗重は、余りにも大胆すぎるその構えについて、知らなかった。

が、彼は己れの五体五感の構えに、全てを預けていた。揺らぎは、皆無であった。完璧とも言える〝剣体一致〟を実現させていた。

慈節上人から「……立ち合っている最中に、相手の凄さに感心などしてはいかんぞ……」と叱られた宗重である。その言葉の重さを、真に理解できる熟達域に達している彼であった。

首魁の足が僅かに前に出、宗重がやわらかに退がる。それに従って、取り囲む輪も古畳を小さく擦り鳴らして動いた。

首魁が、また僅かに出、宗重が退がる。取り囲む輪もまた動いた。

宗重と首魁の二人は、その大輪の中央にいた。

「むん」

首魁の口から声なき気合が漏れ、五体に力みが走った。

宗重の涼しい眼差しは、相手の瞳の奥を覗くが如く、である。

実は首魁の大胆な構えは、創成を足利時代末期にまで遡る立身流兵法で〝圓〟と称されている、同流の大基本の形であった。切っ先を頭の後方へ深く垂れて大きく振りかぶるそれは、その位置から円を描いて打ち下ろすことにより生ずる強い遠心力と太刀の重力で、相手を叩き伏せるように斬ることを狙っている。

いわゆる『強打』と呼ばれている斬伐剣であって、天真正伝香取神道流の『巻打ち』や柳生新陰流の『輪の太刀』に、その刀法・呼吸が似ている部分があった。いや、似ている、というよりは、相通じる部分、と言い直す方が正しい。

また立身流兵法は抜刀術、剣術など刀法を中心に置く多彩な総合武道として伝承されてきており、槍、薙刀、棒、手裏剣、鉄扇、捕縄、弓、馬術、測量法に至るまでを修練の対象としており、その意味では最適の忍者武道ではあった。

「斬る……」

首魁の口から、重い響きの声が出て、その足が〝攻めの意思〟を露にして力強く前に滑った。切っ先が尚深く後方へ垂れ、頭上に上がって肌を見せている両腕の血管が一気に膨らむ。激発か、と思われるその動きを変わらず柔軟に受けて、宗重はまたスルリと退がった。

そして双方、短い静止。

次の瞬間、首魁は眦を吊り上げ打ち込んだ。大きな円を描いて強力な遠心力に乗った凶刀は、唸りを発した。

五郎入道正宗の右鎬（刀身の右側面）がその凄まじい打撃を受け止め、凶刀の微小な刃毀れが青い火花となって散る。

鋼の打ち鳴る甲高い音が、朝早い空気の中を走った。

首魁が宗重に息衝く暇を与えず、小手、首、小手、首と連続して斬り込む。五郎入道正宗が、右鎬、左鎬で鮮やかに凶刀を防いだ。鎬で相手の刀を受けたのは、五郎入道正宗の刃を、全く無いとは言い切れぬ刃毀れから守るためだった。たとえ首魁を倒しても、まだ八名が残っているのだ。剣客にとって刃は命である。

首魁が呼吸を整え直そうとしてか、素早く退がった。しかし宗重は、それを許さなかった。相手との隔たりを逆に詰めるや、眉間、眉間、眉間と光のような三撃を叩き込んだ。首魁が顔を歪めながらも、確実に防禦した。

念流剣法と立身流剣法の、まぎれもなき凄絶な一騎討ちであった。

ほとんど視認できぬ双方の剣の早さに、取り囲む八名が我を忘れて息を呑む。

眉間打ちから小手へと狙いを変えた五郎入道正宗を、首魁の凶刀が腕力に任せて下方へ打ち払うや、そのまま切っ先を左下から右上へと撥ね上げた。

宗重が「うっ」と顔を顰めたところへ、凶刀が今度は右上から真下に走る。針の先ほどの一瞬の内の一瞬に凶刀が見せた素晴らしく速い二段攻撃は、宗重の下顎を僅かに傷つけ、左腕を上腕部から肘にかけて浅く裂いていた。

宗重が、はじめて〝守勢の退がり〟を見せた。下顎に血玉が滲み出し、左肘から一すじの血糸がしたたり落ちた。呼吸も乱れ出していた。

（強い……）と宗重は思った。相手の凄さに感心してはならぬ、という慈節上人の教えを忘れていた訳ではなかった。心底から、強い、と思った。

彼は気付いていた。自分の胸の一隅に今、相手に対する恐怖が芽生えつつあることを。

そうと見抜いたのかどうか、首魁が真っ向うから飛び込むようにして、宗重の頭上に打ち下ろした。同時に宗重も、突入していた。激突であった。

五郎入道正宗と凶刀が、二合、三合、四合と中空でぶつかり合い、火花を散らす。二人を取り囲む輪が、圧倒されてか一足広がった。

凶刀が横面、横面、小手と宗重を襲った。それを鎬で防いだ五郎入道正宗が凶刀を巻き込むように弾き返しざま、面、小手、面、小手と連続する攻撃を返した。首魁の口から「うっ」と低い声が漏れて背筋が反り返り、足がよろめく。凶刀を持つ首魁の手の甲が十文字に切られ、左右の頰から上唇にかけてがザックリと割られた。

たちまち顔半分が血まみれとなるのを待たず、凶刀が宗重の喉元へ鉄砲玉かと見紛う突きを繰り出した。上体をなびかせ危うく避けた宗重であったが、峻烈な二突き目が左肩を刺し貫いた。浅くはなかった。

小さくよろめいた宗重の顔が苦痛で歪み、がしかし五郎入道正宗は容赦のない反撃を加えた。首魁の左肘に切っ先打ちの一撃を与え、凶刀も怯まず切っ先で宗重の左手を打った。

男対男、剣対剣の激烈極まった斬伐戦であった。武士道対凶道の闘いでもあった。念流と立身流の、威信を賭けてもいた。

血まみれの双方が共に一歩退がって、再び真っ向うから激突。血玉が宙に躍り、汗が飛び散って、五郎入道正宗と凶刀が中空で唸りを発し合った。

ぶつかり悲鳴を上げる二本の鋼。

凶者執念の胴斬りを、五郎入道正宗が鎬でがっちりと受け止め、そのまま足を深く踏み込ませた宗重の左手が相手の左腰へ伸びた。

ハッとなった首魁がその腰を遠のかせようとして、半回転させた。

遅かった。すでに宗重の左手は、首魁の脇差の柄を摑んでいた。腰が回転したことで、より速く脇差を抜き奪えた宗重の左腕が横に走った。肋骨を切断する軋んだ音。

首魁が声も立てず、左掌で腹を押さえながら、よろめき退がる。

このとき寸暇を置かず宗重の手を離れ飛んだ脇差が、取り囲む凶者の一人に襲いかかった。

胸に突き刺さる鈍い音がした。

宗重が息を乱しつつも、五郎入道正宗を正しく正眼に構え直した。息の乱れに比べれば、表情は静かであった。

「な、なんて奴……」

聞き取り難い声を出して、首魁が両膝を折り、頭から古畳の上に落ちた。

屋敷の外に、人馬の気配が近付いてきたのは、この時である。

新手の訪れを、最初から覚悟していた宗重ではあった。大納言頼宣から、不満分子の数を二、三十名と聞かされていた彼である。

だがいま十三名と対峙したに過ぎない。不満分子の数を二十名と少な目に読んだとしても、まだ七、八名が何処かに潜んでいると思う必要があった。

ところが様子が違った。宗重を囲む輪に、明らかな動揺が生じていた。

外の気配が次々と屋敷の塀を越えてか、庭に着地する足音がした。

そしてそれは、表の庭に面した雨戸を一気に蹴倒して、座敷に雪崩込んで来た。

「どけいっ」と一喝した若侍が、らんらんたる目つきで輪の中に入るや宗重に駈け寄った。虎の御門橋を渡った所まで宗重について来た、柳生衆のあの精悍な若侍であった。

別の柳生衆が仁王立ちの態で大声を放った。

「我々は柳生である。立ち向かってくるか、それとも刀を捨てるか」

その大声が終るか終らぬ内に、不埒者たちの刀は次々と古畳の上に落ちた。

それでなくとも、宗重の壮烈な剣さばきを目の当たり見て、戦意を失いかけていた彼等であった。

宗重は五郎入道正宗の血糊を懐紙で清め、鞘に収めた。

精悍な若侍は一言も発せず、黙って宗重の体の傷を診ていき、「吉田っ」と庭先の誰かを呼んだ。「はいっ」と返事があって、吉田と呼ばれた者が座敷へ駈け上がってきた。右手に薬箱らしきもの、左手には酒でも入っているのか小甕を持っていた。

精悍な若侍は、甲斐甲斐しかった。小甕の口を開けて中の青黒い液状のものを布に染み込ませ、それで宗重の傷口を軽くはたくようにして拭いていった。酒ではなかった。強い臭気が辺りに漂った。

ドクダミの葉を擂り潰したものであった。ナマのドクダミに、非常に強い抗菌作用があると臨床的に判明したのは三百年以上も時代がくだってからのことで、将軍家綱の時代には経験的に「傷によく効く」と判っていたに過ぎない。

手早い応急の手当をひと通り終える頃には、柳生衆の手によって不埒者たちに縄が打たれていた。

そこへ姿を見せたのが、柳生飛騨守宗冬であった。

座敷の柳生衆たちは畳に片膝ついて控え、庭先にいる柳生衆たちは油断なく辺りを警戒した。

宗重は、そばに近寄って来た宗冬に、「お出向き戴き誠に有難う御坐いました」と丁寧に頭を下げた。

「大丈夫かな」と、宗冬の物静かな声。あれこれ矢継早にうるさく訊かないのは、さすがであった。

「はい」

「あとできちんと、医者に診て貰いなさい」

「そう致します」

「宗重殿に、それ程の手傷を負わせたのは、あの男か?」と、宗冬の視線が血の海を広げつつある首魁に流れた。

「大変な手練で、苦戦いたしました」

「どれ……」と首魁の遺骸に血の海を避けて近付いた宗冬が、腰を下げてその髪を摑んだ。

横を向いていた首魁の顔が上を向き、宗冬が「なるほど……」というふうに頷いて宗重のそばに戻ってきた。

「さすが宗重殿、よくぞ倒された」

「小父上ご存知の男で御坐りましたか」

「足利時代の末期に伊予(いよ)の国で生まれた立身流兵法というのがあるが、存じおるか」

「いいえ存じませぬ。初めて耳に致します」

「この江戸では極めて地味な存在じゃが、抜刀術、槍術、棒術などから弓道、馬術、柔術に至るまでを修練の対象としている、なかなかに優れた兵学であってな、宗重殿が倒したあの男は、その立身流の皆伝者よ」

「さようで御坐いましたか。道理で」

「さきごろ頻繁に尾張(おわり)藩上屋敷へ、兵学師範で売り込みをかけていたらしく、私が所用で藩邸を訪ねた時も、声高に売り込みに来ておった。そこで私は柳生厳包(としかね)に立ち合うことを勧めたのじゃ。何と無くうさん臭い奴ゆえ、打ち負かして追い払う方がよかろう、と」

「という事は、小父上が審判をなされましたか」

「うむ」

「で？」

「五本勝負で、二本を厳包から奪いおったわ」と、宗冬の声が低くなった。

「なんと、二本もで御坐いますか。それでは厳包様と、ほぼ互角(ごかく)ではありませぬか」

「そ奴を、宗重殿は倒したのじゃ。手傷は負うたがな」

「あ奴の名を、御教えくださりませ」

「忘れたわ。こうして、もう終ったのじゃ。必要あるまいて」と、話をそれ以上深くに進ませない様子。

「はあ……」

「それからな宗重殿。昨夜、上様からの御命令が私の元に届いた。宗重を明日必ず登城させよ、との事じゃ」

「え、明日で御坐いまするか」

「今度ばかりは、その方に如何なる理由があろうと登城しない訳にはいくまい。たとえ手傷が原因で高熱を発したとしてもじゃ。よろしいな」

「ですが、余り見苦しい姿、様子で上様にお目に掛かるのは、如何がかと思われまするが」

「それくらいの気持でおれ、という事じゃ。宗重殿の体の具合については、この儂の目で明朝にでも確かめ、それで判断する積もりでおる」

「登城には、小父上も同道して下されまするか」

「そうせよ、との上様の御指示でな。おそらく老中稲葉様とも、途中で合流することになろうよ。しかし、一人で登城せよ、ということになるやもしれぬぞ」

「登城門は何処で御坐いまするか」

「上様は、譜代大名十万石以上の通用門である大手門より登城せよ、と仰せられた。その方をはじめて城へ迎え入れるのに、其の他格下の門から入れたくはない、と考えておられる御様子じゃ」

「宜しいのでしょうか。そのような特別な例を残すことは、のちのち困る事になりは致しませぬか」

「なあに、たかが門じゃ。城の主、上様が〝よい〟と仰せなのじゃ。遠慮は必要あるまいぞ」

「そういう事でしたら……」

「上様に御報告すべきことを、頭の中でよく整理しておかれよ。水野事件から順を追うように致してな」

「はい」

柳生宗冬も宗重も、四代将軍家綱をさして「上様」と称している。だが三代将軍家光は父秀忠（二代将軍）が存命中は「将軍様」と称され、父が死去すると「公方様」となった。また秀忠は将軍在位中は「公方」あるいは「公方様」と呼ばれる事が多かった。つまり将軍と権力との絡み方や幕府首脳の〝都合〟で、呼称は微妙に変わったりした。

「ともかく、はじめての登城の心の準備を、怠るでないぞ宗重殿。承知じゃな」

「は、はい。承知いたしました」

「それにしても、厳包と互角の立身流皆伝者を倒すとは、腕を上げたものじゃのう。わが父、但馬守宗矩が生きておれば、どれほど喜んだことか」

宗冬は目を細めて宗重を見つめ、ひとり頷いた。

宗重は、柳生厳包とほぼ互角を証明した首魁の立身流兵法に、強い関心を抱いた。そして、今後の自分の進歩のためにも、この流儀について深く調べておく必要があると思った。

時代が遥かにくだってからの話になるが、慶応義塾大学の創設者である福沢諭吉（ふくざわゆきち）が、この立身流抜刀術のかなりの腕達者であったことは、案外知られていない。彼の周囲にいた尻の青い血気盛んな若侍達が、一目も二目も置くほどだった。

三

溜池の畔（ほとり）の無人屋敷で六名の不埒侍が一人の若い旗本に叩っ斬られた、という噂（うわさ）がその日の午前中しかも早い内に、番町、日本橋、神田界隈にかけて広まった。自然に広まったにしては、早過ぎる広まりであった。

柳生衆に伴なわれて駿河屋寮へ戻った宗重が、離れの自分の部屋で半刻（一時間）ばかり休んでいると、母阿季（あきせ）が急いた足運びでやってきた。手傷を負って帰ってきた息子を見ても顔色ひとつ変えなかった阿季が、やや困惑気味の表情で、こう告げた。

「沢野忠庵と申される大層礼儀正しい方が、お見えですよ」

「沢野忠庵？　はじめて聞く名前ですが、それよりも如何がなされたのですか。母上らしくない戸惑いが、お顔に出ておりますが」

「小刀を帯びた小綺麗な身なりや髪形は、まぎれもなく儒者・医師などを思わせるもの。なれど宗重。その御方の身の丈は六尺有余、瞳の色は青く、鼻高く、髪紅く、明らかに蕃人（外国人）の面体」

「その人物が間違いなく、沢野忠庵と名乗ったのですね」

「聞き間違いなどではありませぬ。不自然さ無き達者な、この国の言葉でしたゆえ」

「会ってみましょう。庭伝いに、来させてください」

「庭伝いで宜しいのですか。礼儀の正しい御方ですよ。蕃人とは申せ失礼にはなりませぬか」

「見知らぬ相手です。庭伝いに一人で来させてください」

「そうですか。では、そう致しましょう」

沢野忠庵なるその蕃人が、宗重が駿河屋寮へ帰邸してから最初に訪れた人物であった。

宗重は座を、縁側へ移した。大小刀は床の間の、刀掛けであった。

沢野忠庵なる人物が、なるほど儒者のような医師のような風体で庭先へのっそりと現われた。一升枡を三段重ねにしたような物を右手に持ち、阿季が言ったように、大男であった。そして一目で蕃人と判る容姿であった。

宗重の身の丈は五尺八寸ちょうど（約一七五センチ）。

宗重は相手を自分よりも遥かに大きいと感じ、六尺（約一八二センチ）を超えているのではと思った。

沢野忠庵はすぐさま宗重に近付くようなことはせず、少し離れた位置で足を止め、丁重に頭を下げた。

「沢野忠庵殿と申されるか」

宗重は自分の方から穏やかに口を開いた。

「はい。帰化いたしまして御上（おかみ）より沢野忠庵という名を頂戴（ちょうだい）いたしました長崎の外科医で御坐います」

と、〝流暢（りゅうちょう）〟の域を遥かに超えている、見事な言葉遣いであった。

「ほう。外科を専らとしているということは、もしや私の傷の治療に来て下されたのかな」

「御老中稲葉美濃守正則様よりそっと御声が掛かり、馳せ参じました。早速にも傷口を診させてくださいませ」

「御老中稲葉様とは、懇意であられたか」

「将軍家御典医のかたがたへの外科学の講義、あるいは幕府通詞(幕府の通訳官)の育成、などの御役目を果たすべく時に長崎より参勤いたしておりますゆえ」

「そうでしたか。では、宜しく御願い致しまする」

「は、それでは……」

大男の外科医沢野忠庵はもう一度腰を折ると、控え気味な姿勢で縁側に近付いてきた。

彼の元の名をChristovão Ferreiraと言った。怪しい人物などではなく、正真正銘のいわゆる南蛮医師であった。

宗重は思った。負傷したことが既に御老中に知られているということは、上様の耳にも入っているな、と。なにしろ柳生飛驒守宗冬が、対峙の場へ駈けつけてくれたのだ。捕縛した数人を引き連れ去った訳だから、善後策について美濃守と密かに連絡を取り合わぬ筈がなかった。酒井家と関係深い美濃守は、宗重とつながっている柳生家にとって最も信頼のできる存在である。

沢野忠庵は、宗重の切創を手ぎわ良く診ていった。一升枡のような木箱の中には医療具や薬品が入っていて、宗重は左肩と左手首の傷の縫合を、「少し御辛棒を……」と告げられて受けた。その他の傷は、薬の塗布だけで済んだ。

ひと通り治療を終えて、忠庵が微笑みながら言った。

「誠に文句の付けようのない応急の手当がなされておりました。臭いからしてドクダミの葉を擂り潰したものでしょう。あれは実によく効きます」

「傷口の縫合は、いささか痛う御坐いましたな」

と、宗重は苦笑を返した。

「申し訳ありません。私が日本の薬草から得た痺れ薬では、只今の程度が精一杯で御坐いまして」

「この国の医学は先生、遅れておりまするか」

「何事に於いても、進歩の過程、というものは有りましょう。剣術も馬術も儒学も医学も……ともかく進歩するということが、大事なので御坐います」

忠庵は「はい、遅れています」とは返答しなかった。帰化しているとは言え、矢張り、自分は異国人である、との意識は強かった。だから、巧みな答え方だった。

若狭小浜（わかさおばま）藩主酒井忠勝の血をひく宗重と沢野忠庵 Christovão Ferreira とのこの出会いは、ある意味で運命的であった。

宗重は、何気なく訊いてみた。

「先生が今、江戸もしくは長崎で外科学を教えている人物の中に、これは、と期待できそうな者がいましょうか。他言しませぬゆえ、いますれば其の者の名をお聞かせください」

「むろん幾人もいますが、なかでも西玄甫（にしげんぽ）という人物が特に優れていましょうかねえ」

「西玄甫……」

「はい。現在、父親の後を継いで通詞の職にありますことから、外科学原書の理解もことのほか早く、いずれは外科医としてこの国の指導的立場に立ってくれるものと期待しております」

「なるほど。心強い限りですね」

西玄甫。

この人物こそ軈て若狭小浜藩の医師杉田甫仙に外科学を教授する人物であった。

そして、その知識・技倆は子の杉田甫仙（二代目甫仙。同藩医師）へと引き継がれ、遂には『解体新書』（医学翻訳書全五巻）の杉田玄白（同藩外科医。一七三三年～一八一七年）という異才（二代目甫仙の子）を生むことになるのである。この時代の医師達に衝撃を与え、外科学の発達を促す契機ともなった『解体新書』は、ドイツの医学者クルムス（J.A.Kulmus）の『解剖図表』のオランダ語訳書を原書としており、杉田玄白のほか、中川淳庵、石川玄常、桂川甫周、前野良沢といった俊才たちが結束して、この高度な医学専門書の困難な翻訳作業に当たった。

今度は忠庵が訊ねた。笑顔であった。

「傷は全て刀傷と見ました。喧嘩でも吹っ掛けられたので御坐いますか」

「御老中の稲葉様は、なんと仰せでありましたか」

「怪我人の治療に急ぎ出向いて貰いたい、ただそれだけで御坐いました」

「そうですか。ま、道場で真剣を手に練習中に怪我をした、とでも思って戴けませぬか」

「これは余計なことを御訊ねしたようで……どうか御許しください」

「なあに。それよりも先生、これを機に時々は訪ねて来てください」

「はい」

「長崎へは、いつ帰られるのですか」

「今の所いついつと決まってはおりませんが、そう遠くない内に江戸を発つことになろうかと存じます」

「それは残念。海の向こうの話などを、じっくりと聞かせて戴きたかったのですが」

「あと一、二度、傷の具合を診に参ります。向こう四、五日は、なるべく左腕を動かさぬようになさってください。首から吊るしたり、固定したりする程のことは御坐いませんが」

「判りました。気を付けます」

「それでは御老中に報告せねばなりませぬので、私はこれで……」

「有難う御坐いました」

忠庵は去っていった。さわやかな感じが、後に残っていた。

そのあと離れの庭先に訪れたのは、隠密方同心の高伊久太郎と十手持ちの玄三であった。

二人は傷つき治療を受けた宗重の体を見て、今にも泣き出しそうになった。

顔をくしゃくしゃにした玄三が、歯を嚙(か)み鳴らすかのようにして言った。

「畜生め。若様に対し、なんてぇ事をしやがるんだ。どいつも、こいつも許せねえ。それにしても御一人で修羅場へ乗り込むなんざあ、水臭いじゃ御坐いませんか。どうして高伊の旦那や、あっしに一声かけてくださらなかったのです」

「ま、そう言ってくれるな。高伊さんや玄三を、危ない目に遭わせたくなかったのだ」

「朝飯(あさめし)を食いまして外へ出てみると、何処へ行っても〝若侍が大勢の無頼浪人を叩き斬った〟てえ溜池騒動の噂話にぶつかるじゃ御坐いませんか。誰と誰が遣(や)り合った、てえ事までは噂になっちゃあいませんでしたが、あっしには直(す)ぐにピンときました。もしや若様が御怪我でも、と心配になって駈けつけてみますと、玄関先でお会い下さいました母上様が〝はい、手傷を負って戻って参りました〟とおっしゃるではありませんか。それを聞いて、あっしの膝頭はブルブルと震えましたよ。いや、今もまだ震えていまさあ」

気が高ぶっているのか、一気に喋りまくった玄三であった。

「おい玄三。少し落ち着け」

と高伊久太郎が叱って、宗重と目を合わせた。

「若様。お差し支えなければ、溜池であったこと、我等にお聞かせくださいませぬか」

「もとより高伊さんと玄三には、話すつもりでいた。今後の事もあるのでな。さ、ともかく上がりなさい」

宗重は庭先に立ったままの二人を促し、座敷へ上げた。

下りの猪牙船から、船頭歌の美声が聞こえてきた。それでようやく、赤らんでいた玄三の硬い表情が緩んだ。

宗重は溜池での一部始終を、二人に話して聞かせた。紀州大納言邸での話を付け加えつつ打ち明ける事を忘れなかった。

「大納言様が、不満のかたまりの人数を二、三十名とおっしゃったと致しますと、あと数名、もしくは十数名の不埒者が野に放たれていると見なければなりませぬが」

「私が心配しているのは、それなのだ。半数近い仲間を失ったその集団が、一気に荒事に向かって走り出しはせぬかと思うてな」

「これは急ぎ残党共の居所を、突き止めねばなりませぬ」

「まもなく月が変わって、北町奉行所の当番となるのであったな」

「はい。ですが御三家が絡む重大事で御坐いますゆえ、北町奉行石谷貞清様にうっかり協力を御願いする訳にも参りませぬ。事が余計に大きくなってしまっては」

「うむ。確かにな……」

「溜池の族につきましては我等の御奉行神尾元勝様には耳打ちしたので御坐いますが、矢張り苦慮なさっておられました。その連中が紀州大納言邸へ自由に出入りしているとなると、迂闊に町方を動かす訳にはいかぬ、と」

「ですが若様……」と、玄三がひと膝のり出した。

「あっしには、もうひとつ理解できないんですよ。大納言様は、どうしてそのような不逞の族を屋敷へ自由に出入りさせているんですかね。言葉を飾らずに申し上げますと、御三家の看板が汚れるばかりでは御坐んせんか」

「あれ程の大藩になるとな玄三。頂点に立つ藩主には、下の方の実態がよく見えぬものなのだ。家老から末端の武士に至るまで、それぞれが仕事を与えられ、それによって藩は動いておる。それゆえ下の方で不祥事が生じても、幾つも続いている上席への階段の途中で、蓋がされてしまい易いのだ。臭いものには蓋、というやつだな」

「ですが若様。大納言様は不逞の族の人数を、二、三十名くらい、と読んでおられるのでしょう。てえ事は、下の方の実態を摑んでいる、ということになると思うんですよ。ですから……」

「よせ、玄三」と高伊久太郎が玄三の言葉を、押し止めた。厳しい表情であった。

玄三が頭の後ろに手をやって、肩を窄めた。

「申し訳ありません。若様が御怪我をなさったことで、つい気が高ぶって、出過ぎたことを申してしまいました。気を付けます」

「気にするでない玄三。言葉を飾らぬところが、お前らしい人柄なのだ。少なくとも私の前では、それを失ってくれるな」

「若様……」

玄三がシュンとなり、高伊久太郎が微笑んだ。

「ともかく、高伊さんも玄三も、不審な集団が何処かに潜んでいないか、情報網を張り巡らせてみてくれぬか」

「承知致しました。私や玄三は、江戸の裏側に案外な〝目と耳〟を抱えておりますので、ひょっとするとそれが役に立つかも知れませぬ。急いでみまする」

「うん、ひとつ頼むぞ」

「ですが若様、その族がたとえ見つかったとしても、その御体で動いて戴いては困りますんで」

真顔の玄三に、きっぱりと言われ、宗重は「わかった」と神妙であった。

「それにしても若様。いささか気になることが御坐います」

高伊久太郎も、一層真剣な顔つきになった。

「気になること、とは？」

「今回の溜池騒動の噂の広がり方、不自然なほど早いと思われませぬか」

「あ、その事なら、心配ない、と私は見ておる」

「と、申されますると？」

「今の私の返答で、承諾してくれぬか」

「これは失礼いたしました。玄三に注意しておきながら、私もつい若様に甘えてしまいますようで……お許し願います」

「なんの……」

そのあと幾つかの点を打合せて、高伊久太郎と玄三は帰っていった。

宗重は、溜池騒動の噂の広がり方には、柳生家が絡んでいるな、と思った。確信のようなものがあった。柳生の小父御なら、噂の広がりという緩衝的な手段を用いて溜池騒動を紀州大納言に伝えるだろう、という見方である。

玄三は〝誰と誰が遣り合った、てえ事までは噂になっちゃあいません〟と言っていた。その噂のつくり方も、柳生の小父御らしい用心深さである、と宗重は思った。噂の焦点が不確かで、ぼやけていればいるほど、幕閣がその噂に対して腰を上げる確率は著しく下がる。しかし当の紀州大納言には、その噂の意味するところが判るだろう。

宗重は（柳生の小父御は恐らく全てを見抜いていなさる。慶安の変についても、大火の原因についても）と、読んだ。そして、柳生の小父御のその動き方こそが、自分に対する支援のかたちである、と理解するのだった。

宗重は更に思った。柳生家の誠の恐ろしさは、その戦略戦術の繊細さ慎重さにこそあるのではないか、と。そして、老中の地位にあった当時の父忠勝が、総目付柳生但馬守宗矩に、隠し妾である母阿季の存在を打ち明け理解を求めた理由が、改めて摑めた気がした。

「どうですか気分は？」

母阿季が、離れにやってきた。

「のんびり致しております。川の流れや、往き交う猪牙船が、いつもとは違って見えますよ」

「いささか顔が赤いのではありませぬか。どれ……」

阿季は手を伸ばして、宗重の額に触れた。

「少し熱があるようですよ。横になって安静になさい。大事になっては、いけませぬゆえ」

「忠庵先生は、柱か障子にもたれて暫く起きているように、と申されていました。左肩の傷が前から背へ刺し貫かれておりますので、縫合のあとが落ち着くのに上体を起こしたまま、二刻ばかりは欲しいと」

「まあ。刺し貫かれて、といった恐ろしい言葉を、母に聞かせるものではありませぬ」

「はあ……申し訳ありません」

「熱冷ましの薬は、忠庵先生から戴いているのですね」

「はい。大丈夫です」

そこへ、この小屋敷で賄仕事を長く仕切ってきた老女が、「奥様、大変でございます」と廊下を踏み鳴らしてやってきた。

「まあまあ慌ててどうしたのですか。また転んで腰を痛めますよ」

「腰どころでは御坐いません。玄関に変な男が若様を訪ねて来ております」

「変な男?」

「はい。それはそれは人相の悪い、変な男です。私、町方へ知らせてきます」

「ちょっと、お待ちなさい。人相が悪いからと申して、悪い人と決め付けるものではありませぬ。その者は武士ですか、それとも」

「町人で御坐います。あれは悪人の人相です」

「名は何と申したのです。その者は、名乗ったのでしょう」

と、阿季は苦笑まじりであった。宗重は何事にも余り動じることがない母を、たいした女性だと思っている。

「名乗りまして御坐います。それが奥様、なんと夜鷹の権次とか申しまして」

「ま、夜鷹……」

さすがの阿季も驚いて背筋を伸ばし、キッとした目を宗重に向けた。

「宗重。そなた夜鷹遊びをしていたのですか」

「そうではありませぬ。権次は友達にでもするか、と考えていた男でして……」

阿季が、もう一度「ま……」と驚いて見せた。

「そなた、夜鷹の権次とかを友達にすると申すのですか」

「はい。町の誰彼に嫌われている鼻つまみ者の乱暴男だそうですが、憎めない性格だと聞いています」

宗重は老女に向かって、すかさず言った。

「心配ないから、権次をこの庭先へ通しなさい」

「ですが若様……」

「私の言う通りにしなさい」

「はい」

賄方の老女は、不安そうに退がっていった。

浅い木桶を両手に持った権次が誰にも案内されず、ひとりで庭先に現われた。悪人面が、妙におどおどしていた。

「よう、権次」

宗重が声をかけると、江戸の夜鷹船の三分の一を仕切っている荒くれ者の権次が、その場にへたり込んで木桶を置いた。地に額をこすり付けんばかりの、その恐れ入りように、宗重よりも阿季の方が呆気に取られた。

宗重は宗重で、木桶の蓋がわりに幾枚も重ねられている大葉にも木の葉にも見えるものが、ピクピクと跳ね動いているのに注目した。

「いいから権次。もっと近くへ来なさい」

「とんでも御坐んせん。これで帰らせて戴きますんで」

と、権次は平伏したまま顔を上げようとしないから、声が曇っていた。

「おいおい。来て直ぐに帰るとは余りに無礼ではないか。侍なら切腹ものだぞ」

「えっ、切腹……」

権次がようやく顔を上げて、目をむいた。

「ははは、冗談だ。それにしても、よく来てくれたな。しかし、私の住居が此処だと、どうして判ったのだ」

「へい。ちょいと前に川筋で高伊の旦那と玄三親分に出会ったもので……」

「そうか。二人に此処を教えて貰ったのか」と、気楽な口調になる宗重だった。

「駿河屋寮と聞いて、そりゃあもう、びっくりしやした」

「ん？　この屋敷のあれこれを知っている口ぶりだな」

「内緒の話にして戴きてえんですが、この界隈のことにかけちゃあ、高伊の旦那や玄三親分より、あっしの方が数段も詳しいんで」

「なるほど。お前はこの辺り一帯の、夜の顔役らしいからな」

「だから、と言っちゃあ何ですが、駿河屋寮が元御大老酒井様の御別邸であることくらいは、とうの昔から知っておりやした。へい。単に知っている、という程度で御坐んすが」

「ふーん」

「でありますもので、先夜川筋でお目にかかった御武家様が、この御屋敷の若様だと高伊の旦那から先ほど教えられた時には驚きました。また、その若様が御怪我をなさったと玄三親分から聞かされた時は、二度驚きました」

「私の怪我のことを、二人はどのように話していた？」

「なんでも二十人近い賊を一人で叩き伏せ、御自分も多少の手傷を負われた、という風に言っておりやしたが」

「その通りなんだ権次。ちょいと油断してな」と、ますます口調軽い宗重であった。

「で、大事ございませんので」

「医者はな、心配ないと言ってくれている。傷口に薄皮が張るのに、十日ばかりは掛かるだろうがな」

「そうですかい。その程度で済んで、本当によう御坐いました」

権次が、凄みのある顔に、安心したような笑みを広げた。それまで観察するかのように、じっと権次を見つめていた阿季が、その悪人面の笑みを見て、口元を優しくほころばせた。

「お前は私が怪我をしたと知って、見舞に来てくれたのか」

「高伊の旦那と玄三親分は、若様と道で出会った時は丁重にきちんと御見舞の言葉を述べるように、と言っただけなんですが、あっしは何だか道で出会うまで待ってはおれなくなりやして……」

「その木桶は見舞の品か」

「へい」

「なんだ?」

「見てやっておくんなさいまし」

権次は木桶を手に腰をかがめるようにして近寄ってくると、それを縁側に置き、蓋代わりに幾枚も重ね広げられている柿の葉らしいそれを、手早く取り除いた。

「まあ……」

「おお……」

と、阿季も宗重も目を見張った。優に一尺五寸以上（約四十六センチ以上）はあろうかと思える、よく太った大鯛が、木桶の中で尾鰭（おひれ）をばたつかせていた。

「川筋で運良く河岸帰りの猪牙船を見つけたもんで、声を掛けて、分けて貰ったんでさあ。あ、こんな面をしていやすが、銭はちゃんと払いやしたんで、どうぞ気持よく御召し上がりになって下さいやし」

「そうか、有難う。そういう事なら遠慮なく頂戴しよう」

「それに致しましても、これほどに立派な鯛、さぞや高う御坐いましたでしょうに」

阿季がはじめて、夜鷹の権次に話しかけた。

澄んだ美しい声をかけられて、権次が慌て気味に一歩退がり、顔の前で手を横に振った。

「あっしには猪牙船仲間が大勢いまして、こういう場合は、持ちつ持たれつの融通が利きますもんで……」

「お顔が広いのですね。それでは嬉しく戴きましょう。早目の夕餉を整えさせますゆえ、権次さんも此処で宗重と一緒にどうぞ召し上がれ」

「とんでも、御坐んせん」

「遠慮なさらずに」

阿季が木桶を持って、母屋の方へと去っていった。

「それじゃあ若様、あっしはこれで」

「夕飯を付き合ってくれないのか」

「博打者のあっしが、そのような事を致しやすと、高伊の旦那や玄三親分から、厳しく叱られますんで」

「うむ。せっかく見舞の品を持参してくれたのに、叱られちゃあ可哀そうだな」

「外でお目にかかれた時に、何処かで一杯、という程度でしたら高伊の旦那も玄三親分も大目には見てくれるでしょうが」

「判った。それじゃあ傷が癒えたら、上野忍岡の〝忍ぶ酒〟で二人して飲もう」

「え。若様は忍ぶ酒を御存知で」

「うん。玄三に連れていって貰ってな……気に入っている」

「お体を早く元に戻して下さいやし。楽しみに、お待ち致しますんで」

「ところで権次。お前にひとつ頼み事があるんだが」

「なんで御坐んしょ」

「お前は江戸の夜社会、裏社会に顔が利くだろう。何処ぞに不審な侍崩れの群れが巣くっていないかどうか、密かに探って欲しいのだ」

「群れ、と言いますと、どの程度の？」

「十名前後、という見方でよいだろう」

「判りやした。さっそく動いてみましょう。密かに、という事ですんで少しばかり日時を、おくんなさいまし」

「心得た。但し絶対に無理はしないでくれ。危ない、と感じたら群れに近付き過ぎないことだ。いいな」

「承知致しました。用心いたしやす」

「期待して、返事を待っているぞ」

「一つ御聞かせ下さいやし。その連中、もしや若様に手傷を負わせた賊の一味ですかい」

「そう思って貰ってよい。とにかく凶暴な連中だ。気を付けてくれ」

「ご心配なく。あっしも、かなり凶暴ですから。そいじゃあ、ご免なさいまし」

夜鷹の権次は深々と腰を折ると、身を翻して宗重の前から消え去った。

第八章

一

宗重にとって、何事もない穏やかな五日間が過ぎた。高伊同心からも玄三親分からも夜鷹の権次からも、これといった連絡も報告も無かったが、昨日の朝、忠庵先生が診察に訪れた。経過はすこぶる順調で、当初に思っていたよりも早く治るのでは、という診立て（みたて）であった。

そして、六日目の朝。駿河屋寮に予期せぬ大事（おおごと）が、訪れた。

宗重はこの朝離れで、朱子学の大家であり恩師でもある林鵞峰（はやしがほう）（一六一八年〜一六八〇年）の著書に、目を通していた。

公設酒場〝忍ぶ酒〟の程近く、上野忍岡にある鵞峰の学問所『国史館』へは月に四度ばかり通って、講義を受けている。

書物に視線と精神を集中させていた宗重は、廊下を摺り足で急ぎやってくる気配で顔を上げた。母阿季の足音と、判っていた。日頃動じることの少ない母のその気配に、宗重は立ち上がった。

「宗重……」

と、阿季が座敷に入ってきた。若い頃はさぞや美しかったであろうその顔に、宗重がかつて見たこともないような緊張があった。

「如何がなされました母上」

「おお、その着物なら着替えることはありますまい。さ、脇差を帯びなされ」

阿季は床の間の刀掛けから脇差を取り上げ、宗重に手渡した。

「何事か御坐いましたか」

「いま屋敷の前を掃き清めている爺やに、用を申し付けようとして外に出てみると、立派な大名駕籠がこちらに向かってくるのが見えました。陸尺（駕籠舁き）の着ているものが黒羽織であることから、将軍家か御三家の御駕籠でありましょう。

此処へお見えになる心当たりが有る無しにかかわらず、身を整えておきなされ」

と、さすが阿季であった。

「水戸中納言邸を、訪ねようとしているのではありませぬか」

御三家末位の水戸中納言邸は、駿河屋寮とは目と鼻の先に在る。

「御駕籠はすでに水戸藩上屋敷の前を、通り過ぎておりました。念のため母は、玄関に出向いておりましょう」

「そうですか」

阿季は急ぎ母屋へ戻っていった。

宗重は、「はて？……」と首をひねった。此処を不意に訪れるとすれば、将軍家か紀州家しか考えられなかった。

将軍（徳川家綱十七歳）には溜池騒動の翌日に登城して謁見することとなっていたが、当日早朝より高熱となったため、様子を見に訪れた飛騨守（柳生宗冬）が「無理じゃ……」と判断し、日延べとなっている。

溜池騒動の大本とも言うべき紀伊大納言が、駿河屋寮を訪ねるという表立った動きを取ることも考え難い。

表立った動きを取ることは考え難い、という点では将軍も同じである。

母屋の方が、少しざわつき出した。母の声が宗重の耳にまで届いたが、何を話しているのかまでは判らなかった。

やがて、十数名の武士が静かに庭先に現われ、一人を除いて他の者達は地に片膝ついた。立ったままの武士は三十三、四に見え、宗重に黙って頭を下げた。

それだけであった。一言も発しない。表情も目つきも、穏やかである。

柳生厳包（としかね）だ、と宗重は思った。直感であった。

廊下を力強く踏み鳴らして、誰かが遣って来る。老者ではない男の歩き方だな、と宗重には判った。

その足音が、座敷の手前で止まった。

「母者、ここ迄でよい。あとは、そちの息子と二人だけになりたいのじゃ」と、矢張りよく通る弾力のある声。

「それでは、退（さ）がらせて戴きまする」

「茶も酒もいらぬ。よいな」

「承りました」

宗重は、その間に下座へ移って座した。

その人物が座敷に入って来る前に、宗重は平伏した。縫合した左肩の傷が僅かに疼いた。

「尾張の光友じゃ。突然を詫びる」

そう言いつつ上座に勢いよく正座をして畳を軋ませたのは、御三家筆頭尾張藩六十一万九千五百石の第二代藩主・大納言徳川光友三十三歳であった。

宗重は初対面の挨拶を滑らかな口調で述べてから、顔を上げて大藩の若い藩主と目を合わせた。

「初対面じゃが、妙にそのような気がせぬな宗重」

「まことに……」

二人は、どちらからともなく微笑んだ。

「そちは念流剣法を嗜むそうじゃな」

「はい」

「ならば予の剣術師範柳生厳包の名は存じおろう」

「存じ上げております」

「ほれ。そこに控えておる、目つき顔つき穏やかなる男が、厳包よ」

「矢張り左様で御坐いましたか」

宗重は庭先に立っている件(くだん)の武士に、目礼した。

柳生厳包から、目礼が返ってきた。

「予と厳包はな、共に寛永二年(一六二五年)生れの三十三じゃ。いわば同期なのじゃ、はははっ」

大声で笑いを発した、尾張大納言光友であった。闊達(かったつ)な印象であった。

宗重はさすがに驚いて、厳包の方を見た。

厳包が小さく頷(うなず)く。

「宗重は幾つになる」

「二十八で御坐いまする」

「嫁は?」

「まだ修業中の身なれば」

「修業中の身でも、所帯を持てぬことはあるまい。よし、ひとつ予が可愛い女子(おなご)を探して進ぜよう」

「おそれながら大納言様。それにつきましては何卒ご放念くださりますよう」

「なに。そちも厳包と同じような事を申すのか」

「は?」

「厳包にもな、所帯を持てと幾度も勧めておるのじゃが、修業中の身だと言うて、首をタテに振らんのじゃ。女子嫌いは損をするぞ損を」

「大納言様」

「なんじゃ」

「このむさ苦しい小屋敷に、お忙しいなか御御足を御運び下されましたるは、何か大事な御用あっての事と拝察いたしまする。それにつき、この宗重に、どうぞ御聞かせ下さりませ」

「うむ……そうよな」

大納言光友が、つと立ち上がって、自分で障子を閉めた。

日当たりの良い座敷であったが、障子で日差しが遮られ、座敷がやや暗くなった。

大納言光友は上座に戻ると、正座をせず胡座を組んだ。

「宗重、もそっと近う寄れ。あまり声高には話せぬのじゃ」

「は」

宗重は、大納言との間を詰めた。

「それにしても宗重よ。そちは端整で精悍な面構えをしておるのう」

「大納言様も、なかなかに鮮烈な鋭利な御印象で御坐いまする」

「こいつ、お返しを言うか」

二人は、また目を見合わせ、共に微笑んだ。

だが大納言光友は、すぐに厳しい表情になった。

「本題に入る前に、前置きを少しばかり話さねばならぬ」

「お聞き致します」

「八年前に亡くなった我が父徳川義直は、誇り高い人間でのう。朝廷から東照大権現の神号を勅許された徳川家康の九男である、ということを片時も忘れることがなかった。もっと判り易く申すとな、我が父にとっては、東照大権現以外の人物は決して将軍では、あり得なかったのじゃ」

「そのお気持、理解できなくもありませぬ。いささか頑なで危険、とは思いまするが」

「うん、子の私でさえ不快に感じるほど、頑なであったわ。その頑なさが特に、今は亡き三代将軍に対して露に向けられてな」

「家光様に？」

「さよう。我が父は、二代将軍（徳川秀忠）の弟であり、紀州大納言（徳川頼宣）、水戸中納言（徳川頼房）の兄であるという意識も殊の外強く、それが頑なさに一層の拍車をかけておったようじゃ」

「三代将軍に対して、周囲の者には判らぬ余程の恨み辛みが、あったのでは御坐いませぬか」

「それは、恐らくない」

「だとすれば御父君の頑なな誇りが、お若い家光様に対して意地悪いかたちで向けられただけ、という事になりは致しませぬか」

「その通りじゃ。そしてな、そういった感情というものは、相手にも直ぐに判るものよ。だから、三代将軍は当然の如く我が父に対し冷淡であった。表向きは、普通に繕っていてもな」

「となれば、家光様と御父君との間が、一触即発の状況に陥ったことがありまするな」

「あった。予が九歳の時、尾張藩の感情は、将軍家に対し戦を吹っ掛けんばかりに激昂した。今まさに……という事態であった」

「なんと……」

二人の声は、当人達も知らぬ間に囁き声となっていた。

宗重は、徳川史を学んできた。だが正統な徳川家史とも言うべきものであったから、将軍家と御三家の対立、といった事は学びの対象とはなっていない。

「一体何が原因で、そのような事態になったので御坐いまするか。大納言様が九歳の時と申されまするると確か……将軍家光様の三度目の御上洛（京都行き）があった年、寛永十一年（一六三四年）ではないかと存じますが」

「おお、さすが判りが早い。その寛永十一年の事よ。三代将軍（徳川家光）は将軍家の権威を誇示する目的で三十万七千名という曾て無い大編成を組み、上洛を挙行なされた。先ず四月に先発隊として紀州大納言（徳川頼宣）が江戸を発ち、六月に入って仙台藩の伊達政宗ほか外様大名たちが出発。そして六月十一日に将軍家本隊の一番隊として松平忠次、本多政遂、前田利孝らが江戸を離れ、続いて二十日に将軍ご自身が江戸城を発たれた」

「はい。その通りで御坐います」

「ん。その方、徳川史を学んでおるのか」

「母に強く勧められたこともありまして……」

「うむ。ともかく出発は至極、順調であった。ところが帰路、将軍家は尾張藩を、いや、我が父徳川義直を愚弄する動きを取った」

「愚弄?……」

「将軍家は帰路、尾張藩に立ち寄って、京の疲れを癒す予定になっておったのだ。当然、尾張藩としては、将軍お迎えの万全の態勢を整えることとなる。たとえ何万両の費用が必要であったとしてもな」

「もしや、将軍家は素通りなされた?」

「そうなのだ宗重。何の連絡も無いまま、素通りなされたのだ。父は烈火の如く怒った。これ程の侮辱はない、と涙を流された。そして、父や老臣たちの目と感情は、一直線に武器蔵に向かって走った」

「それほどの激しいお怒りなら、各地に放たれている幕府の間者（諜者）にたちまち気付かれ、確実に将軍の耳に入りましょう」

「入った。あわや戦、という事態であった。もし戦っておれば、おそらく幾日もせぬうちに尾張藩は負けていたであろうな。御三家の一つは、間違いなく潰れていた」

「将軍家は、故意に素通りなされたのでしょうか」

「故意以外の理由を見つけることは、無理だとは思わぬか。何の連絡もないまま、すぐ目の前を素通りなされたのであるからのう。つまり、無視じゃ」

「で、事態は、如何がなったので御坐いまするか」

「紀州大納言が間に立ち、危ういところで、事無きを得た。つまり紀州藩に大きな借りが出来た、ということになる。その借りをな宗重、尾張藩はまだ返しておらぬのだ」

「左様で御坐いましたか。それは確かに、大きな借り、と言えましょう。それを御聞きしました事で、尾張大納言様ご来訪の意図を理解できたような気が致しまする」

「よくぞ言うてくれた。予は、これから先については、多くを話さぬ。いや、多くを話せぬと言った方がよい。宗重が心して聞いた上で、よく咀嚼し、対処して貰いたい」

「承知致しました」

「宗重も周知の如く、ある御人が今、窮地に立たされておる。しかしながら、その窮地を打開するためであっても、その御人は表立っては動けぬのじゃ。動いてはいけないのじゃ。その御人の宗重に対する信頼は、ことのほか厚い。何ゆえにそれほど信頼が厚いのかは、予が、こうして宗重に会うてみて判ったわ。ひとつ、全力を傾けて、その御人の力になってあげてくれい」

「もとより、その積もりでおりますれば」

「見たところ、その方、体のあちらこちらに手傷を負うておるな。大事ないか」

「ご心配下さりませぬよう」

「ある御人を悩ませておる不逞の族、と対峙したことで受けた手傷、と見てよいのか」

「御意」

「相手はそれ程の手練であったか。であるなら余計に、その方の口から、はっきりとした事を聞きたい。その不埒な連中への対処、上手くいったのかどうか」

「どうか御安心下さりませ」

「そうか。上手くいったか」

「とは申せ、未だ多くの残党が何処かに潜んでいる筈。いつ何処で何を遣らかすか判らぬこの連中を倒さぬ事には、安心できませぬ」

「うむ」

「連中は政治への不満や、弱者救済などを口実として、天下を騒乱に導こうとする危険がありまする。そのためには寺院へ放火して大火を招き、幕府要人や幕臣の暗殺を企み、無手の弱者を殺害するなど、手段を選ばぬでしょう」

「放ってはおけぬな」

「絶対に」

「くれぐれも頼むぞ。尾張も表立っては動けぬが、密かにであれば尾張柳生を宗重の背後に常時、控えさせてもよい」

「御三家は動かぬ方が宜しゅう御坐いましょう。どうしても必要な事態が生ずれば、私の方から御願いに上がる、という事にして下さりませ。私としては、その方が動き易う御坐いまする」

「判った」

「ひとつ御訊ねして宜しゅう御坐いましょうや」

「遠慮はいらぬ。今日を境として、予と宗重の間は遠慮無用という事にしようぞ。宗重も予も、まだ若いのじゃ。若い者同士、な」

「有難う御坐いまする。実は、この三、四日の間のこと、で御訊き致したいのですが、大納言様が仰せになられましたる〝その御人〟の配下の人物の中で、所在不明となった者はおりませぬか」

「おる。おる、とその御人から打ち明けられ、宗重にも伝えなければ、と思うておったところじゃ。名も聞いておるぞ。確か……目付頭の宇多川三郎兵衛と、徒目付の植田誠之進と申しておられたな」

「矢張り……」

「この二人を存じおるのか」

「宇多川三郎兵衛だけは、顔を見知っております。二人とも抜刀術の田宮流剣法の達人で御坐いまして、私は一抹の疑いを向けておりました。確証のあることでは御坐いませぬゆえ、軽々には口に出来ませぬが」

「この二名、不逞の族に関わり有り、と見ておるのだな」

「そのうち自(おの)ずと判って参りましょう。判るように致しまする」

「藩政とは難しいものじゃのう宗重。藩主が信念を持って実行させたことが、裏目裏目と出てくる。幕政となると、尚のこと難しいことじゃろう。上様も幕府首脳たちも大変じゃな」

「まことに」

「おお、そうじゃ。件(くだん)の御人からな、宗重に手渡して貰いたい、と預かってきた物がある」

「はて、何で御坐りましょう」

大納言光友の視線が障子に遮られた向こう側、庭先へ向けられた。

「厳包」

「は」と、障子の向こうで柳生厳包の返事があった。

「例の物を持て」

「只今(ただいま)」

障子に、二つの人影が写った。一つの影は、両手で何やら持っていた。

柳生厳包が、障子を開けた。彼が正座をする脇に、やはり二十(はたち)前後の若侍が正座をし、膝先に箱一つを置いていた。千両箱であった。

「此処(これ)へ……」

大納言に促され、厳包がその千両箱を宗重の前に置き、縁側へ退がった。

障子が厳包の手で、静かに閉じられる。

千両箱とは金貨幣千両が入った保管容器のことで「金箱(かねばこ)」と称するのが正しく、千両箱は俗称であった。金箱に対し、銀貨幣容器を「銀箱」と言っている。むろん金箱と銀箱とでは、箱の意匠は原則として異なる。

「これをな宗重。その御人が、気の毒な幼子とやらの今後のために役立ててほしい、と言っておられる。どう役立てるかは、その方に任せるそうじゃ」

福のことだな、と宗重には判った。

「遠慮なく、お預かり致しまする。責任を持ちまして、確かに……」

「うむ。そうしてくれ。気の毒な幼子とは誰のことか、またこの金箱が何を意味するか、予には判らぬのでな。すんなりと引き受けてくれると、間に立った者としては肩の荷が下りるわ」

「何かと御配慮くださいまして、厚く御礼申し上げます」

「なに。予は何もしておらぬ。少し出しゃばった迄のこと。これで帰る。見送りは無用じゃ」

尾張大納言が腰を上げ、宗重は平伏した。

「宗重、いつでも屋敷を訪ねて参れ。盃を交わそうぞ」

「はい」

尾張大納言は宗重の返事が済まぬ内に、勢いのある動きで部屋から出ていった。

二

宗重は金箱を見つめながら、腕組をして考え込んだ。田宮流居合剣法の皆伝者である宇多川三郎兵衛と植田誠之進がもし不逞の族に加わっておれば、集団を殲滅するのは容易ではない、と。

ましてや宗重自身、傷ついた身である。

表門の方から、尾張大納言に挨拶をしているのであろう、阿季の声が微かに聞こえてくる。

やがて、駿河屋寮に元の静寂が訪れた。耳に入るのは庭の野鳥の囀り(さえず)だけ。

念流皆伝の宗重であったが、だからと言って他流の業(わざ)にも通じている訳ではない。どれ程の達人と言えども、他流の何もかもに通じているような剣客など、現実にはいよう筈もない。一つか、せいぜい二つの流儀を極め、その業を実戦に於いて千変万化に応用し相手の剣を封ずるのである。

この千変万化の反射的能力こそが、どれ程の剣客であるかの評価基準、になると言えた。

この反射的能力を、宗重は恩師観是慈圓から、徹底的に叩き込まれてきた。いや、能力というのは決して叩き込まれるものではないから、厳しい修練の連続によって宗重自身が育(はぐく)んできたものと言えるだろう。恩師観是慈圓の役割は、宗重の体深くに潜む才能を見つけ、それを上手く導き出してやる、ということか。

だが、それほどの剣客である宗重に対してさえ、この度(たび)のように手傷を負わせる手練はいるのである。しかも極悪者としての手練が。

阿季と判る足音が廊下を近付いてきたので、宗重は腕組を解いた。

「入りますよ宗重……」と言いつつ座敷に入ってきた阿季が、金箱に気付いて

「まあ……」と足を止めた。が、べつにさほど驚いた様子でもない。

「尾張大納言様が、わざわざお持ち下されたのです。福の今後に役立てて欲しいと申されて」

「すると、それは……」

「ええ。紀伊大納言様が、尾張大納言様に託されたのです。ご自身が表立って動けば騒ぎが大きくなる危険がある、とご判断なされたのですよ」

「それは、そうですね」

阿季は、頷きながら宗重のそばに座った。宗重の行動について、あれこれと口を挟み過ぎることのない母であったから、「これは打ち明けておく必要がある」と選択した事に関しては、宗重は母の耳に入れている。その方が、突発的な危機に対し母も対処しやすいだろう、という判断が働いていた。

危機に対してだけでなく、今朝のように御三家の突然の来訪があっても、母が

大きく取り乱して自分を見失ってしまうようなことは避けられる。

「とすれば宗重。この御金箱は早い内に柳生家へ運ばねばなりませぬよ」

「その積もりです。爺やに町駕籠を呼んで貰ってください。今日中に届けた方が宜しいでしょうから」

「体は大丈夫ですか」

「ええ。母上は済みませぬが、この金箱を金箱と判らぬよう、風呂敷で包んで下さいますか」

「はいはい。それから、母屋の居間で四半刻ほど（三十分ほど）前から、お客様がお待ちですよ」

「客?」

「ともかく、早く顔出ししなさい」

母の気さくな言葉から、隠密方同心の高伊久太郎あたりだな、と宗重は思った。

だが、違った。

宗重が母屋の居間、父酒井忠勝が訪れた時に使う座敷へ入っていくと、下座に正座をしていた美しい女性（ひと）が、畳に両手をつき、しとやかに頭を下げた。

宗重は予想に反していたので、思わず「うっ」となった。座敷に真っ白な大輪の花が咲いたかと思った。それほど、美しかった。

筋違御門内・須田町の豪商伏見屋傳造の一人娘咲であった。

「誰かと思えば、咲ではないか」と、宗重は彼女の前に正座をした。

「昨日、長安寺の先生（観是慈圓）をお訪ね致しましたところ、柳生飛驒守様がお見えになっておられ、慈圓先生のお勧めも御坐いまして、柳生様に厚かましくお目通りさせて戴き御挨拶申し上げました」

と、これ迄にない固い言葉遣いであった。平伏の上体を、半ば元へ戻したものの、そのままの姿勢を崩さない。色白の頰は少しばかり赤らんでいた。

「そうか。そこで私が手傷を負うたことを聞かされ、見舞に来てくれたか」

「はい。なにゆえの御怪我かは御話し下さいませんでしたが」

「私の身分素姓も聞いたのであろう」

「はい」

「咲、私の前では気楽にしてくれぬか。その固苦しい態度は改めよ」

「と、申されましても……」

「私も、お前の前では気楽にくつろぎたい。言葉も態度もな」

「町人の娘の作法で、お許し下されますでしょうか」

「咲は何処に出ても恥をかくことのない作法を心得ておる。そうと知った私の前では、むしろ町娘として振舞って貰いたい」

宗重はそう言って、正座を胡座(あぐら)に変えた。

伏見小町も、ようやく顔を上げ、二人の目は出会った。

本当に美しい、と宗重は思った。この娘が小野派一刀流をやるとは、いまだ信じられなかった。しかし、確かに見事な小太刀の業を、宗重は自分の目で認めているのである。世の中にはこのような女子(おなご)もいるものなのか、と改めて感嘆せざるを得ない宗重であった。

咲が控え目な口調で言った。

「見たところ痛々しいばかりの御怪我。大丈夫で御坐いますか」

「なあに、もう治りかけている」

「一体何ゆえの御怪我で御坐いますか」

「喧嘩だ。酔った侍数人と喧嘩をしてしまってな。ちょっとした油断で、この始末だ」

小野派一刀流を心得る伏見小町には、嘘、と判る宗重の言い繕いであった。

しかし、咲はそれ以上のことは訊かず、話を変えた。

「さきほど、少しの間ですけれど、御母様とお話をさせて戴きました。とても素晴らしい優しい御母様ですね。話している内に、心が温まって参りました」

「咲は一歳半の頃、不埒な浪人の手で実の母を失ったのであったな」

「でも、その頃の乳母が今の母となってくれました……」

「うむ。私の母とも話を交わしたければ、いつ訪ねて来てもよいぞ。私がいなくとも構わぬ」

「お宜しいのですか」

「勿論だ。私は出歩くことが多いので、母もきっと喜ぶだろう」

「本気に致しますよ」

「ははは、本気でよい。ところで今朝ほど客があったのだが、咲はその客と出会うたのか」

「いいえ。どなたとも」

「そうか、ならよい。この小屋敷にはな、時折だが応接に心を砕かねばならぬ客が訪ねて来ることもある。もし、そのような場に出会うたなら、少しばかり母を手伝ってやってくれぬかな」

「はい、御手伝い致します」

伏見小町の表情が、ぱっと明るくなった。頰を尚のこと紅く染めて嬉しそうであった。

「ここには、かつて余根という女中が居たのだが、事情があって今は柳生飛驒守様の屋敷に詰めておるのだ。かといって、母は余根の代わりに直ぐに誰かを、という気にもならぬらしい」

「御母様は余根様を、お気に召しておられたのですね」

「誠実に勤めてくれた心優しい女中であったからな」

「御母様は、私をお気に召して下さいますでしょうか」

「勘違いをしてはいかぬ。咲に余根の代わりを務めて貰いたいというのではない。咲は咲じゃ。機会があれば母の話し相手になってやってくれ、と頼んでいるのだ。こちらは、頭を下げる側だ。それを忘れてくれるな」

「そのような申され方、御母様に失礼に当たりましょう」

「それよりも咲、慈圓先生の左上腕部の傷の具合は？」

「ほとんど完治の状態、と申し上げて宜しいのではと思います。先生の方こそ、宗重様の御怪我を大層ご心配なさっておられました」

「このところ長安寺を訪ねておらぬしなあ」

「宗重様は思いのほか、お元気そうでした、と先生に私の方から申し上げておきましょうか」

「そうしてくれ。怪我も大したことはない、と付け加えてな」

「はい」

このとき爺やに案内されて、町駕籠が屋敷内に入って来、庭先を離れの方へ向かった。

「咲、私はこれより柳生飛騨守様の御屋敷へ参らねばならぬ。伏見屋は途中であるから、送ってやってもよいぞ」

「出歩いて御怪我に差し障りないのですか」

「心配ない」

「御迷惑でなければ、柳生様の御屋敷の前まで、私に御供させて下さいませ」

「うーん、そうよな。では付き合うてくれるか。手傷を負うたこの体であるから、咲に手伝うて貰うことが一つや二つ出てくるかも知れぬしな」

「あのう、宗重様」

「ん？」

「出過ぎたことを一つ、お訊ねさせて下さいませ」

遠慮がちな、ひっそりとした咲の口調に、宗重は黙って頷いた。

「いま町駕籠が庭先を奥へ参りましたけれど、もしや柳生様の御屋敷へ大事な物を、お運びになるのではありませぬか」

「さすが小野派一刀流の剣客、よくぞの勘働きだな」

「剣客などと……お止し下さいまし」と、咲は力なくうなだれた。剣客、と言われることを、年頃の娘なら嬉しかろう筈がない。女心に疎い宗重も、咲の様子から、さすがにそれと気付いて謝った。

「済まぬ。今後、咲に剣客という言葉を向けるのは止そうか。実はな咲……」

宗重はそこで声を落とし、千両詰めの金箱を町駕籠に積んで柳生屋敷まで運ぶことを打ち明けた。理由は付け加えなかった。

豪商の娘咲と言えども、千両、と聞いて驚いた。

「それでは尚のこと、御供をさせて戴きます。出来れば宗重様の脇差を、お貸し下さいませ」

「咲は普段、懐剣さえも持たぬのか」

「持ちませぬ」

「小野派一刀流を学んでいるのは、父親に強いられて半ば嫌々にか？」

「正直に申し上げて、はじめの内は嫌々で御坐いました」

「今は？」

「心底から前向きに修業に打ち込んでおります。とは申せ、女で御坐いますから剣客などと呼ばれますことには……」

「その気持は判った。だが伏見屋から一歩外へ出る時は、懐剣くらいは持っていた方がよくはないか」

「いいえ。どうしても必要な場合は、敵わぬまでも必死で相手のものを奪って用いますから」

「おお、奪って用いるか。なるほど」
宗重が静かに笑うと、咲も微笑んだ。

三

水道橋駿河屋寮から柳生飛驒守の屋敷までは、おおよそ二里ばかり（八キロほど）である。多少の遠回りをしても近回りをしても、二里ばかりという数字に大きな差違はない。

したがって、それなりの足取りで歩けば、一刻（二時間）ほどで着く。

宗重は駕籠の左側、咲は右側を歩いた。彼女は宗重より、備前長船（びぜんおさふね）の脇差を預かり、着物の袂（たもと）で目立たぬように、くるんで所持していた。

二人は終始、無言であった。そして当然、緊張していた。千両とは、それ程の金であった。とくに手傷を負っている宗重の神経は、張り詰めていた。千両の金箱が紀州大納言邸から尾張大納言邸へ移動した時点で、その情報が第三者へ絶対に漏れていないとは断言できない。姿を消したとされる田宮流居合剣法の皆伝者、宇多川三郎兵衛と植田誠之進の耳にも入っている可能性はある。

日本橋南通りを進む一行が京橋川にかかる橋（京橋）を渡った時、背後から足音が追ってきたので宗重は駕籠を止めて振り返った。

彼の口元が、少し緩んだ。大声で呼び止めんばかりの顔つきで駈けてくるのは、隠密方同心の高伊久太郎と十手持ち大工の玄三であった。

「大丈夫。町役人だ」

宗重に小声で言われて、咲は頷いた。

高伊同心と玄三はゼイゼイと喉を鳴らしつつ宗重の前で足を止めると、目をむいて呼吸を整えようとした。

「その様子だと、駿河屋寮へ立ち寄って母から私の行き先を聞き出し、追いかけてきたな」

「は、はい。追い着くことが……出来て……よう御坐いました」と、高伊久太郎は鼻を膨らませ、息苦し気に言った。

「何かあったか？」

宗重は、高伊同心よりは呼吸が楽そうな、玄三に視線を移した。大工、という力仕事が、こういう時の体力差となって表れるのだろうか。

「わ、若様……恐れ入りやすが……ちょいと、こちらへ」

それでも息苦しそうな玄三が、咲や駕籠人足を意識してか、宗重の袖を引くようにして二間（三・六四メートル）ばかり退がった。

高伊も、付いてきた。咲が油断なく辺りを見回し、駕籠との間を詰める。

「どうした？」

「へい。南伝馬町の例の小間物屋なんで御坐いますがね」と、玄三が声を低くした。

「紅玉屋だな」

「その紅玉屋が三、四日前から、店を閉じていると判りやした」

「なに」と、宗重の目つきが険しくなった。

「あの色白で女形っぽい男前の紅玉屋平六が、どうも気になって仕方がねえもんですから、昨日陽が沈まねえ内に寄ってみましたところ、閉まっているじゃありやせんか。で、休みなのかなと思って今朝、高伊の旦那と二人して、明け六ツ（午前六時）ごろに再度訪ねてみたんですが、矢張り閉まっており、しかも人気が感じられねえんですよ」と、まだ荒い息の下、玄三は一気に喋った。

江戸の明け六ツと言えば、商家が店を開け、町木戸が開く時刻である。朝飯(あさめし)食った職人達は、六ツ半には元気よく長屋を飛び出していく。

「なもんで、隣近所の店(たな)で訊いてみましたら、紅玉屋は三、四日前から閉まったままだと言うじゃありやせんか」

「その三、四日前だが、紅玉屋平六が訳ありそうな態(てい)で出かけたところなんぞは、誰も見ていないのか」

「へい。今のところは誰も……」

「私はこれより柳生屋敷を訪ねる。すまぬが高伊さんと玄三は南伝馬町へ引き返し紅玉屋を見張っていてくれぬか。もし平六が誰かと戻ってくるようなことがあれば、その誰かの人相をしっかり覚えておいて欲しい。私は柳生屋敷の用が済み次第、二人の元へ駆けつける」

「判りやした。では、お待ち申し上げます。私と高伊の旦那は、あの界隈(かいわい)いくつも潜(ひそ)み場所を持っておりますんで、駆けつけて下さいやした若様のお姿は、こちらで見つけますから」

「うん、承知した」

「御怪我の方、大事ありませぬか」

眉をひそめて高伊同心が心配した。玄三も、それですよ、という顔つきになった。

「決して無理はせぬから」

宗重は高伊同心の肩に手を置いて、踵を返した。

駕籠は再び動き出した。それを見送りながら、高伊同心が首をひねった。

「玄三よ。あの美しい女性は確か……豪商伏見屋の一人娘でなかったか。伏見小町と言われている、あの」

「若様が誰と歩こうが宜しいじゃありませんか。若様だって、ご家庭をお持ちになってよいお年頃なんですよ旦那」

「それに、あの町駕籠は何だろう」

「若様の行き先は、柳生飛騨守様の御屋敷じゃあ御坐んせんか。下手な詮索は首が飛びますぜ。お止しなさいやし」

「そうだな」

高伊同心と玄三も踵を返した。

宗重と咲は、また無言のまま歩き続けた。宗重の頭の中では紅玉屋平六が、宇多川三郎兵衛、植田誠之進と何故か結び付いていた。根拠の無い結び付きであったが、それは容易に頭から離れなかった。

やがて向こうに、柳生屋敷が見えてきた。正しくは大和柳生藩上屋敷である。飛驒守宗冬の厳父但馬守宗矩は一万二千五百石の定府大名であった。定府大名とは、江戸屋敷に期間を限らずに常住する大名のことである。但馬守宗矩が就いていた将軍家兵法師範、幕府総目付（大目付）がいかに重い地位であるかを物語っている。しかも但馬守宗矩は、三代将軍（家光）及び四代将軍（家綱）の教育者の地位にもしっかりと触れていた。

だが但馬守宗矩の存在の大きさの割には、禄高一万二千五百石は余りにも小さい。これは但馬守宗矩が、禄高が増えて肥満大名になることを頑なに固辞し続けたため、と言われている。

肥満大名となるよりも、心身ひきしまった剣聖であり続けることの方を選択したのだ。そのため、かえって将軍の信頼厚く、その権力は禄高一万二千五百石よりも遥かに絶大であった。

この意思は柳生家二代目十兵衛三厳(一六五〇年没)、三代目宗冬にも引き継がれ、宗冬の禄高は現在八千三百石、すなわち大名ではなかった。但し十年後の寛文八年(一六六八年)には、この深慮の姿勢も将軍家綱に寄り切られ、千七百石を加増されて一万石の大名に戻ってしまうのだが。

一行が柳生屋敷の門前に着くと、日頃は閉じられている大門が開いており、植木職人らしい男衆五、六人に若侍が何やら伝えていた。溜池のあばら屋で、手傷を負った宗重を手当した、あの若侍だった。

その若侍が宗重に気付いて、「これは、お出なされませ」と笑顔で門の外に出て来た。

植木職人らしい五、六人が、庭の奥へと消えていく。

「小父上はおられるか」と、宗重も笑顔で応じた。

「さきほど道場での修練を、終えられたばかりで御坐いまする。さ、どうぞ」

「手を借りて済まぬが、駕籠に積んであるものを小父上の部屋まで、運んでくれぬか」

「承知いたしました。で、その後、お具合は如何がで御坐いましょうか」

「溜池では世話をかけたな。あと四、五日もすれば、木刀くらいなら素振りできよう」

「それを伺って安心いたしました。ささ、御案内申し上げましょう」

若侍が大風呂敷で包まれた金箱を両手で軽々と持ち上げ、大門を入っていった。

咲が宗重の間近に寄って言った。

「それでは、私は此処で失礼させて戴きます」

「何を言う。咲は小父上とは長安寺ですでに顔見知りなのだ。遠慮せずに付いて来なさい」

宗重はそう言って、母が既に支払を済ませている駕籠舁(かき)に酒手程度を握らせ、大門を入っていった。

大名駕籠をかつぐ者は「六尺」又は「陸尺」だが、町駕籠をかつぐ者は「駕籠舁き」であった。

咲が宗重の後に従うと、小者の手で大門は固く閉じられた。

咲は宗重が口にした「小父上」という言葉を不思議に思ったが、その理由(わけ)をべつだん訊ねることはしなかった。そのうち自然に判ってくるだろう、と思った。宗重の身分素姓を知った今となっては、一層のこと、深慮に欠けた言葉と行いには注意せねば、とも思っている。

宗重と咲は、大風呂敷に包まれた金箱を挟むかたちで飛騨守宗冬と対面した。

「存外に元気そうじゃな宗重殿。顔の色艶（いろつや）もよく、目もしっかりと光っておるわ。高熱を出した時はさすがに私も心配したが、傷の具合はどうじゃな」

「あと四、五日もすれば、木刀の素振りくらいは出来るのでは、と思うておりまする」

「それは何より。じゃが無理をしてはいかんぞ」と言ってから、宗冬の目は咲を捉えた。

「これこれ咲、もっと楽にしなさい。遠慮せずとよい」

座敷に入った時から、宗重のやや右後ろに控えて、半ば平伏の姿勢を取り続けている咲に、宗冬は優しく声をかけた。

咲が「恐れ入ります」と、ようやく上体を起こす。

「咲は今日は、宗重殿の護衛を引き受けたのか」

「護衛などと……」

　咲は顔を赤らめて、視線を落とした。

「慈圓和尚から咲が小野派一刀流の手練と聞いた時は、この宗冬驚くと共に、いたく感心したわ。これからも宗重殿を宜しく頼むぞ。ともかくこれで、私も一安心じゃ」

　何を一安心したのか、宗冬は「はははっ」と目を細め上機嫌だった。

　宗重にはその上機嫌の理由(わけ)が判っていたから、困惑気味の表情で、大風呂敷を開いた。

　千両箱が現われても、宗冬の様子は全く変わらなかった。

「今朝ほど駿河屋寮へ尾張大納言様が突然訪ねて参られ、ある御人から託されたと、この金箱を置いて帰られました」

「ほう」と、金箱を一瞥(いちべつ)さえせぬ飛騨守であった。

「この金を気の毒な幼子のこれからのために役立てて欲しい、尾張大納言様はその御人から、そのように言われて託された、と申しておられました。それで小父上の元へ、お持ちしたのですが」

「判った。その話については、そこで終りとしよう。この金箱は柳生家で確かに預かった。ところで宗重殿……」と、矢張り金箱を見もしない。

「はい」と宗重の表情が、改まる。

「明後日あたり、登城できぬか。上様には、その方の体調については御報らせしてある。心配なさっておられるので、そろそろお目にかかった方がよいぞ」

「本当に色々と申し訳ありませぬ。では小父上、明後日登城ということで、段取りして戴けませぬか」

「そうか。登城してくれるか、では早速、そのように手配りをしよう」

「私一人での登城になりまするか」

「上様はそれを望んでおられるのじゃ。この前も申したように、大手門から入れば宜しい。その後は上様の御面前まで誰か一人が付いて案内するように致しておこう」

「そうして戴けると助かりまする。ところで小父上、大火の後の御城の再建具合はいかがでしょう」

「城内へ一歩入れば驚くであろうな。大変な勢いで進んでおるわ。来年には全てが立派に仕上がることだろう」

「と申されますと、すでに相当な部分の再建が終っているので御坐いまするか」

「そういう事だ。しかし広い城内では大勢の職人や普請方の侍達が、乱雑に往き来しておる部分が未だあるのでな、間違いなく上様の御面前まで辿り着けるよう、明日にも手配りを固めておこう」

「お忙しいところ、ご面倒をおかけ致しまする」

「ところで咲……」

宗冬が咲へ顔を向け、咲が「はい」と応じた。

「宗重殿と私とで、これから少しばかり固苦しい話をせねばならぬ。すまぬが、その方はひと足先に駿河屋寮へ引き揚げ、宗重殿が無事に金箱を運び終えたことを伝えてくれぬか」

「承知致しました」

「それから、その方、見たところ中割れの着物を着ているようじゃの」

「はい。幼い頃より祝祭日であっても、普通の着物は着たことがございません」

「なかなか上品に仕立てられた、中割れの着物じゃ。ようく見ぬと中割れとは気付かぬ。幼い頃より普通の着物を着たことがないとは、何か事情があるようじゃの」

「小父上。それにつきましては、のちほど私の口から……」と、宗重が間に入って言った。

「そうか、うん。ま、剣を心得る女性は、いざという場合の俊敏な動きに備えて、中割れの着物を着るくらいの心構えは必要じゃ。で、腰の後ろに隠しておる脇差は、宗重から借りたものなのかな」

「はい。大事な物を町駕籠で運ぶ、とうかがいましたので、宗重様に御願いして備前長船をお借り致しました」

「家に戻れば、大小刀はあるのか」

「いいえ。木刀があるのみで御坐います。ただ、恩師を相手とする修練では真剣を用いることが多く、この場合、恩師からお借りしております」

「それは、いかぬ」

飛騨守宗冬は、つと立ち上がると、襖を開けて隣の座敷へ入っていった。

出てきた宗冬は大小刀を右手にして、咲のそばへ静かに正座をした。大小刀とも鞘・柄は薄青地で、それは咲がいま着ている着物の色に近かった。鍔(つば)には柳生家の家紋がくっきりと彫金されている。

「これを、そなたに遣わそう」

「え……」

咲は息を止めた。無理もない。将軍家兵法師範である柳生家の当主が、町人の娘に家紋入りの大小刀を差し出したのだ。

「咲、有難く頂戴しておきなさい」と、宗重が目をやわらげる。

半ば茫然(ぼうぜん)とした状態で咲は大小刀を戴き、宗冬は自分の席へ戻った。

「咲、その大小刀は、その方がいま着ている着物の色に近い。大刀はともかく、脇差なら腰に帯びても、さほど目立たぬであろう。立ち上がって、試してみよ」

「は、はい」

咲は腰を上げると、脇差を腰帯に通した。

宗冬の言った通りであった。脇差は、咲の着物の色の中へ、ほぼ完全に溶け込んでいた。全く目立たない。

脇差の長さというのは、だいたい一尺以上・二尺未満である。一尺未満のものは、短刀と称している。

「熱心に剣術に打ち込んでおるのだから、これからは脇差くらいは腰に帯びておいた方がよいぞ咲。こうして見ると、脇差を帯びた、その方の姿は、また一段と美しい。のう宗重殿」

「そうですね」と、不器用な宗重の返答であった。

咲は正座をし、飛騨守宗冬に向かって深々と頭を下げた。

「私のような町人の娘が御家紋の入った御刀を、お殿様より直々(じきじき)に頂戴するなど誠に恐れ多いことで御坐います。でも、これほど嬉しいこと、名誉なことは御坐いません。終生の宝として、大切に大切にいたします」

「無銘だがな。なかなかに良い業物(わざもの)じゃ。これからも精進するがよい」

「更なる精進を、お約束いたします」

「それから、鍔に柳生の家紋が入っていることを承知の上で立ち向かってくる不埒者あらば、遠慮なく反撃を加えよ。場合によっては、斬り捨ててもよい」

「承りました。御家紋の誇りを傷つけませぬよう、常に注意を払います」

「うむ」

「それでは、これで退がらせて戴きます」

「あ、咲。私の脇差は、私が持ち帰ろう」

宗重は右手を差し出し、咲から備前長船の脇差を受け取った。

四

咲が柳生家を出て屋敷の塀が切れる所まで来ると、その角から老爺(ろうや)が腰を低くして現われた。

「待たせましたね忠助」と、咲は老爺を見ても驚かない。

「駿河屋寮の若様と一緒にお訪ねになった場所が、柳生様の御屋敷なのには驚きました」

屋敷の表門に『柳生』の表札が掛かっている訳でもないのに、柳生屋敷と知っている忠助であった。おそらく道行く誰かに訊いたのであろう。

「それにお嬢様、その御刀はどうなさいましたか」

「柳生のお殿様から直々に頂戴したのです」

「えっ。それはまた……」

人の通りが、さして少なくない往来であったから、忠助の余りの驚き様に幾人かが振り向いた。

「歩きましょう忠助」

咲は老爺を優しく促して歩き出したが、飛驒守宗冬から大小刀を与えられた、という事以外は口にしなかった。また根掘り葉掘り、あれこれ聞きたがる忠助ではなかった。豪商伏見屋に長く謹厳に勤めてきた、咲の忠実な世話係であった。常に、出過ぎないように、ということを心がけている。

その忠助が、いくらも歩かぬうち、遠慮がちに小声で切り出した。

「あのう、お嬢様。この年寄りが町駕籠の後を、付かず離れずであったことを、駿河屋寮の若様は、お気付きのようでしたでしょうか」

「きっと気付いておられるでしょう」と、咲はひっそりとした口調で答えた。

「だとすれば、目ざわりな年寄りだ、と思っておられることでしょうね」

「あの御方は、そのような考え方をなさる御人ではありません」

「もう爺は、そろそろ引き退がった方が宜しいのかも」

「え？」

「お嬢様のことを、何もかも若様にお任せして……」

「何を言い出すのです。突拍子もないことを……」

前を向いている咲の顔が、赤らんだ。

「御刀、重くはありませんか。爺がお持ちしましょう」

「いいえ。これは大切な刀ですから、私の手で持ちます」

「あ、そうでしたね。それがいいでしょう」と、老爺が深々と頷く。

宗重と咲が町駕籠を伴なって水道橋の駿河屋寮を発ったのは、四ツ半（午前十一時）頃であったから、陽はまだ咲と老爺の頭上高くにあって、燦々たる光が地に降り注いでいた。

「これから駿河屋寮へ戻って、宗重様が無事に御用を済まされた事を御報らせしなければなりませんが、でも少し、おなかが空きましたね忠助」

咲が歩みを緩めて、美しい笑みを老爺に向けた。本当は、さほど空いてはいなかった。どちらかと言えば節食気味な忠助への、思いやりから出た言葉であった。それに忠助は、ひいた風邪から立ち直って、まだ日が浅い。しっかりと腹を満たす必要があった。

「では、お蕎麦でもいかがですか」

「この辺りに美味しいところでも、あるの？」

「爺はまだ行ったことがありませんが、愛宕神社下に参拝者を当て込んで、大火のあと美味い屋台が幾つか立ち並ぶようになっているらしいです」

「愛宕神社なら、此処からだと……」

「少し戻るかたちになりますけれども、近いですね」

「では参りましょう」

「はい、お嬢様」

忠助は嬉しそうに、体の向きを変えた。可愛くてならない孫娘にでも付き従っている気分なのであろうか。

東照大権現（徳川家康）が関ヶ原の戦い（慶長五年、一六〇〇年）の戦勝を祈願した愛宕神社へ二人が出向いてみると、神社下も神社境内へ上がる石組の階段も大勢の参拝者で混雑していた。

忠助が言ったように、なるほど神社下には六つ七つの屋台が立ち並んでいる。

が、どの屋台も客に押し潰されそうに、繁盛していた。

「余程お蕎麦の味がいいようですね忠助」

「せっかく此処まで参ったのですから、先にお参り致しましょうか。そのうち、どの屋台かが空き始めるでしょう」

「お参りすると言っても、階段を登るの、辛くありませんか」

「なあに、この程度の階段、まだまだ大丈夫で御坐います」

「では、ゆっくりと登りましょうね」

咲は忠助の足元を気遣いながら、愛宕山（海抜二十六メートル）の山頂にある神社を目指し、階段を上がり出した。

が、忠助の足元は咲が心配したよりも、しっかりとしていた。

山頂の境内に上がると、酸漿を売る貧相な小屋台が並んでいた。酸漿の地下茎はいわゆる癪に効く薬草であり、江戸に於いてはこの愛宕神社が酸漿売りの元祖であった。ともすれば浅草寺の酸漿市が最古と思われがちだが、実は愛宕神社の方が、うんと古い。

咲と忠助は人をかき分けるようにして参拝を済ませると、見晴らしのよい場所を選んで、ひと息ついた。

「それに致しましても人の力というのは、凄いものですね、お嬢様。向こうを、ご覧なさいまし。大火で焼け野原になっていた江戸の町に、もう家々の屋根が、さざ波のように綺麗に打ち揃っていますよ」

「ほんに、こうして眺めると、人の力というのは頼もしいこと」

「それに、町を歩いてみますと、あちらこちらに飲み食いの屋台が随分と増えたのが判ります」

「ええ」

「どの屋台も大層に繁盛しているようですから、そう遠くない内に飲食専門の大店(おおだな)がきっと次々に現われましょう」

「そうなれば、一番立派なお店へ、忠助を一番に連れていってあげます」

「それでは頑張って長生きをせねばなりませんね」

「なにを言うのです。大袈裟(おおげさ)なことを言ってはなりません」

二人は顔を見合わせて、静かに笑った。

「さ、それでは、そろそろ下へ参りましょうか、お嬢様」

「そうですね」

二人は愛宕山下へ戻ったが、屋台を囲む人の数は一層ひどくなっていた。

「これでは仕方ありませんね。また次の機会に御馳走してあげましょう」

「はい」

「疲れてはいませんか」

「大丈夫で御坐います」

二人は歩き出した。だが、いくらも行かぬうち、咲の足が止まった。

「どうなさいました」

「忠助、あの男をご覧なさい」

言われて忠助は、咲の視線を辿った。

人々で賑わっている通りの少し先で、三十半ばくらいに見える町人態が、往き来する参拝者に笑顔で、摺物（印刷物）らしい紙片を配っていた。売っているのではなく、配っているのであった。笑顔ではあったが、目つきは鋭く笑ってはいなかった。

「読売（瓦版のこと）でしょうかね」

「読売なら只（無料）で配るようなことはしないでしょう。どれほど出来の悪い摺物でも一文や二文は取るでしょうね」

「お嬢様は此処で待っていてください」

その摺物を貰う積もりなのであろう。忠助は咲から離れていった。

最古の読売は一六一五年の、大坂夏の陣を扱った「大坂安部之合戦之図」と「大坂卯年図」と伝えられているが、それ以前にもあったか無かったかの確証は得られていない。また瓦版という言葉が出てくるようになったのは一六九〇年代以降にまで時代がくだってからで、それ以前は〝読売〟であった。しかし幕府公認の摺物では、決してなかったから、いわば闇の摺物である。

したがって政治に関したことなどを書けば、たちまち幕府の逆鱗に触れ大変なことになるから、心中だの喧嘩だの仇討だの、といった当たりさわりの無いことが題材になることが多かった。

とは言っても、四代将軍のこの時代、読売が出回ること自体が、極めて希であった。

忠助が戻ってきて、咲に摺物を差し出した。

それに目を通した咲の顔色が、変わった。かなり激しい調子で、次のような意味のことが刷られていた。

「歪んだご政道を如何に正しくすれば下々の生活が救われるかを日々話し合っていた若き正義の志士たちの館へ、ある夜突如として幕府の手先大勢が打ち入り、話せば判ると申し立てた無抵抗な志士たちに次々と斬りつけて殺害。連れ去られた純粋無垢なる数名も秘密の場で人知れず断罪され、この世を去る。我々はこの無念を背負って今後も歪んだご政道を正す活動を続け、下々の生活向上の礎となる覚悟。処士たちの賛同と支援を心から御願い致したい」

読み終えた咲の脳裏に、創傷を負っている宗重の姿が甦った。宗重様にあれ程の手傷を負わせたのは、ここに書かれている正義の志士とやらだ、と思った。一直線に体の中心を走った直感であった。間違いはない、と思った。

「忠助、これを持っていてください」

咲は飛驒守宗冬から与えられた大刀と摺物を、忠助の手に預けた。小刀は腰帯にある。

「お、お嬢様……」

「心配ありませんよ。無茶は致しませんから。それより、その辺りに読み捨てられている摺物を、拾い集めておいてください」

小声で言い残し、咲は摺物を配っている男にさり気なく近付いていった。

男が「銭はいりませんから」と配るものを、たいていの参拝者は受け取っていた。知らぬ振りをして通り過ぎるのは、両手に何かを持っている者くらいだった。

咲が男の前で足を止めると、「どうぞ……」と笑顔と共に摺物が差し出された。

咲は受取らずに穏やかな調子で訊ねた。

「もう読ませて戴きましたが、書かれていることは事実なのですか」

「え？……」

「書かれていることは事実なのですか、とお訊ねしているのです」

「お武家の、お嬢様ですかい」

「いいえ。町人の娘です」

「何故そのようなことを、お訊ねになるのです？」と、ここで男の顔から笑みが消えた。

「ご政道を批判する摺物を配るなどすれば、それをうっかり家に持ち帰った者までが、御上から大変な疑いをかけられる恐れがあるのですよ」

「それで?」と、男の目が凄みを覗かせた。

「この摺物は何処の誰が出しているのですか。そして、書かれていることは事実なのですか。答えてください」

咲は控え目な声と、物静かな態度を崩さなかった。道行く人の目には、美貌の女性が顔見知った男と、ひっそり語り合っている、くらいにしか見えなかったことであろう。

「お嬢さんね。あっしは今、大事の仕事をしているんだ。邪魔をしないでくれ」

「あなた、お侍ですね。町人言葉が、板に付いておりません」

「なにっ」

「両手の親指から人差し指にかけて見られる胝は、木刀の素振りによって出来たもの。そうではありませんか」

「貴様……」

このとき「やあ、伏見屋のお嬢様ではありませんか」と声をかけてくる者があった。

咲も摺物を配っていた男も、その声の主へ視線を向けた。

腰帯に十手を差し込んだ中年の御用聞き（岡ッ引・目明し）が、下ッ引を従えて、にこやかにこちらへ近付いて来るところだった。岡ッ引には生活態度の怪しい鼻つまみ者や、荒くれが少なくないが、近付いて来る御用聞きのにこやかな表情には人の善さが表れていた。

「これは、江戸橋辻番の栄吉親分さん」

「お参りですかい」

「ええ。親分さんは月番交替まだなのでは？」

「とは言っても間もなくですから、早駈けに備え、こうして足慣らしをね……」

そう答えつつ笑顔で咲の前に足を止めた栄吉親分とやらは、間もなく月番交替が訪れる北町奉行所（奉行・石谷左近将監貞清）の下で働く、専任岡ッ引であった。見回りの途中、ときどき伏見屋を覗いて茶を飲んでいったりする。専任であるから大工の玄三のように別に定まった職を持っている訳ではない。ただ日本橋川にかかる江戸橋の辻番小屋脇にある住居では、女房の兼が古着の小商いをやっていて、そこそこ稼いでいた。

た。

「お知り合いで？」

咲と摺物配りの男の顔とを見比べた栄吉親分が、男の手にある紙の束に気付いた。

「それ、なんですかい？」

一枚を貰おうとして栄吉親分が右手を出そうとした途端、男はいきなり走り出した。

道端に読み捨てられていた摺物を下ッ引が拾い上げたが、字が読めないので栄吉親分に手渡した。

それを流し読みした親分が「野郎っ」と顔色を変え、腰帯から十手を抜きつつ駈け出した。

下ッ引が「親分っ」と、その後を追う。まわりにいた参拝者たちの間にたちまち、こわ張った雰囲気が広がった。

「どうやら大変な事になりそうですね、お嬢様」

かなりの摺物を拾い集めた忠助が、咲の横にやって来て眉をひそめた。

「ともかく駿河屋寮へ急ぎましょう」と、咲の表情も暗い。

「この摺物、若様に見て戴きますか」

「そうね。駿河屋寮に着くまで、目立たぬよう懐にでも入れておいて頂戴」

「そう致します」

二人は、足を早めて歩き出した。

第九章

一

脇差二本を腰帯に差した宗重が大刀を左手に南伝馬町の紅玉屋の前に立ったのは、陽(ひ)が西に沈みかける頃であった。だが頭上の空はまだ青々として明るく、東の彼方の空が微かに薄紅色に染まりかけている程度だった。

なるほど紅玉屋は、表を閉ざしていた。

後ろから自分に近付いてくる足音を感じて、宗重は振り返った。

高伊同心と玄三が「どうも……」と、腰を折り折り足早にやって来た。

「遅くなって、すまぬな」

「滅相も。ともかく若様、御覧の通りで御坐いまして」

と、高伊同心が紅玉屋をチラリと指差して見せる。

「町方として中を見てみる訳にはいかぬのか」

「店の者の安否を確かめるため、という大義名分が立ちますならば、只今から直ぐにでも」

「では店の者の安否を確かめようではないか」

「はい。では、そのように」

「店の横手に勝手口が御坐いますので若様」

玄三がそう促して、先に立った。

隣の端切れ屋との間に路地があって、三人はその路地に入っていった。

紅玉屋の勝手口があった。高伊同心が扉に手をかけ引いたり押したりしたが、開かない。大工の玄三が「ちょいと御免なすって」と、高伊と入れ替わり、扉の下の隙間に十手の先を差し込んで四、五回ほどガタガタといわせた。

扉の向こうでカタンと小さな音がした。

玄三が扉を手前に引くと、開いた。

高伊同心は感心したが、玄三は「なんてえ杜撰な造りだ」と舌を打ち鳴らした。

宗重は苦笑を洩らし、高伊に促されるまま庭内へ入った。

最後に入った玄三が、扉を閉めて、もう一度舌打ちをした。

庭に面した雨戸も閉まっていた。高伊同心が一応、雨戸に耳を当てて中の気配を窺ってから、雨戸の下に脇差を差し込んで訳もなく敷居から外した。

玄三が残り五枚の雨戸を開けていき、たちまち屋内に沈みかけている西陽が注ぎ込んだ。

「台所や店の方も見て参りましょう」

と言いながら、玄三が宗重と高伊同心から離れていった。

「高伊さんは、次の間を調べてくれぬか」

「承知しました」

宗重は八畳間と六畳間が続きになっている座敷の中央に立って、まわりを見回した。

縁に面した丸窓障子の手前に文机があって、五、六冊の書物が、きちんと重ねられてのっている。

やや大型の文箱もあった。

宗重は文机の前に座って、文箱の蓋を開けてみた。硯と共にかなり使いこなされたと判る筆が、四本入っていた。硯面は乾いていたが、墨池には僅かに水分が残っており、硯縁と硯首に小さな欠けがあった。

宗重が蓋を戻して、積み重ねられている一番上の『繁盛感謝』と表書きされた書物を手に取ったとき、「若様……」と、次の間から声がかかった。

宗重は書物を手放して、高伊同心がいる次の間へ入っていった。

高伊は五段の衣装簞笥の、一番下の引き出しを開けていた。

「ご覧になってください」

「ん?」と、宗重は衣装簞笥に寄っていった。

引き出しの中に、驚くべきものが入っていた。黒鞘白柄の二振りの大刀である。

「紅玉屋平六は、矢張り侍だったたな」

「平六はどうやら侍らしい、と玄三から聞かされた時は、私も驚きましたが……」

宗重は大刀を一本手に取り、鞘を払ってみた。

「なかなかよい刀だが、刃の二か所に、かなりの刃毀れがある」

「と申しますと若様……」

「激しい闘いを経験した刀、ということになりそうだな」

宗重はそれを鞘に戻して高伊同心に手渡し、もう一本を手に取った。

「ほう……この刀は鞘も柄も新しいな」

彼はそう言いながら、抜きはなって刃を検た。

「これもよい刀だが刃毀れがひどい」

「鞘も柄も新しい新刀が刃毀れしているということは……」

「いや、刀つまり鋼そのものが新しいという意味ではないのだ」

「え?」

「この刀は、おそらく長尺の太刀だった筈だ。そのままの長さでは腰に帯び難い。そこで磨き上げて刀の寸法とし、鞘も柄も新しく誂えたのであろう」

「なるほど。左様で御坐いましたか」

抜きん出た名刀というものが次々と生まれたのは、室町時代以前の〝太刀時代〟のことであった。つまり室町時代を境として、吊環で腰に吊る太刀から腰帯に差す刀の時代になったのだ。長く続いた南北朝の動乱が落ち着き、もう長大で斬れ味鋭い実戦向き剛刀は次第に必要なくなった、ということである。実戦刀よりも、腰帯に固定し易い気楽な装飾刀の時代になった、と言ってもよいだろうか。それだけに〝太刀時代〟の名刀と、室町期以降の刀とでは、全ての点に於いて比較にならない。

宗重が腰に帯びている相州伝・五郎入道正宗も〝太刀〟であった。これを磨き上げて刀寸法の実戦刀としたのである。磨き上げ、とは刀匠の手によって寸法を短くする工作のことだが、名刀の剣先にはそれをつくった刀匠の心血が注がれていることから、剣先を磨き上げるような無様はしない。となると、柄側から磨き上げていくということになるが、その部分には銘が刻まれていることが多いため、場合によってはそれが消えることを覚悟せねばならない。

玄三が戻って来て、宗重と高伊同心が手にしている刀を見て、「おっ」という顔つきになった。

「この中に入っていたのだ」

高伊同心が、衣装箪笥を顎でしゃくった。

「それじゃあ若様。紅玉屋平六は矢張り……」

「うむ。どうやら侍のようだな。しかも、かなりの凄腕と見た」

「え？」

「この二本の刀とも、刃毀れがひどいのだ。その刃毀れの様子から、そうと判る」

「紅玉屋平六、一体何者でござんしょ」

「ぜひ、それについて知りたい。ともかく、この家の中を、くまなく調べてみよう」

そう言い残して、宗重は丸窓障子そばの文机の前に戻って座り、先程の書物『繁盛感謝』を手に取って開いた。

だが、『繁盛感謝』はいわゆる書物ではなかった。紅玉屋の取引先控と覚しきもので、江戸市中の主たる商家の名が、地域ごとに整理されて書き並べられていた。主と女房と番頭の名前はもとより、男女別奉公人の人数までが明らかにされている。十七、八年に及ぶ振売稼業で切り開いてきた、大事な御得意先なのであろう。

と、通常なら考えるところであったが、宗重は腕組をして考え込んだ。当たり前の商人なら、刃毀れした大刀を二本も持っている筈がない。

その取引先控と覚しきものには、屈指の米問屋伏見屋も呉服商駿河屋も幕府御用達兵器商相州屋も載っていた。しかも豪商と称されている伏見屋、駿河屋、相州屋をはじめ材木商、両替商、質屋、茶問屋、酒問屋など有力商人の頭には朱墨で〇印が付されている。

高伊同心がそばにやって来たので、宗重はそれを黙って見せた。

「繁盛感謝の表書きから判断して、紅玉屋の御得意先控で御坐いましょうかねえ。朱墨で丸印が付されているところは、とりわけ上取引先ということで御坐いましょうか」

高伊同心が、それを捲りながら首をひねって言った。

「玄三の報告では、紅玉屋平六の客の評判はよく、商売熱心ではあったらしい」

「はい。私も玄三から、そのように聞いております」

「商人が刃毀れのひどい刀を二本も持っている、納得の出来る理由は何かないのか。高伊さんならこれ迄の事件を通じて色々な事例を知っておるだろう」

「敵を追う元侍という例ならば一昨年に二例ほど御坐いましたが」

「敵を追う元侍？」

「逃げ回っている敵の所在を突き止めるため、行商人に身を変えて、色々な場所へ出向き、様々な人に接するので御坐います」

「なるほど」

「刃毀れがひどい二本の刀は、敵を見つけて激しい闘いとなったことを物語っているのでは御坐いますまいか」

「だが、どうしても倒せなくて、しかも敵は江戸を離れた……と？」

「はい。そこで紅玉屋平六は店を閉め、敵を追って自分も江戸を離れた……そう考えられなくも御坐いません」

「高伊の旦那。あっしは、そのように簡単な話の筋にはならないのでは、と思いたいのですが」

そう言いながら、次の間から玄三が、やって来た。

「理由は？」と、高伊同心が言葉短く訊ねる。

「若様とあっしが、本妙寺の再建を手がけた宮大工の棟梁甚吾郎を訪ねての帰り、驚いたことに紅玉屋平六が後をつけて来たので御坐いますよ。しかも、その時の平六の凄い目つきは、尋常ではありやせんでした……そうで御坐いましたね若様」

「うむ、確かに」

「若様とあっしをつけた平六の動きも変なら、あの時の奴の目つきも変。刃毀れひどい二本の刀は、あの時の奴の目つきに合っていると思いやすが」

「なるほど。振売上がりの商人が、元侍だったにしろ、若様と玄三の後を尾行するのは納得できぬわな。しかも凄い目つきで……な」

高伊同心が取引先控と覚しきそれを、玄三の手に預けて頷き頷き腕組をした。

玄三がそれを開いて目を通し、読めない漢字を幾つか宗重に訊ねた。率直であった。この時代、文字に難儀しない町人の方が珍しい。玄三はおそらく、十手持ちになってから文字を習い出したのであろう。取引先控と覚しきそれを見て、知らぬ漢字を〝幾つか〟しか宗重に訊ねなかった、というのは大変なことである。相当熱心に、勉強に励んだに違いない。

このとき不意に誰かが、店の表戸をドンドンと叩いた。

「紅玉屋さん。隣組の桔梗屋ですが、いらっしゃらないのですかのう。紅玉屋さん」

隣組の桔梗屋とやらは、三、四度繰り返し表戸を叩いたが、諦めて去ったのか静かになった。

「隣組というのは？」

宗重は高伊同心に訊ねた。

「隣近所二、三十軒の商人が集まって出来た、懇親の会のようなもので御坐います。そういった集まりを通じて、お互いに取引の拡大を企てていると聞いておりますが」

「その隣組が表戸を叩いたということは、紅玉屋平六の行方を隣組も知らぬのだな」

「そう思って宜しいのではないかと」

「よし。今日のところは、これで引き揚げよう」

宗重は五郎入道正宗を左手にして、立ち上がった。

二

駿河屋寮へ戻った宗重は、咲が置いていったという摺物を、夜が更けてからも離れで眺めていた。宗重は今の御政道の全てを、決して正しいものとは思っていない。武士の間にも、武士と町人の間にも、そして町人同士の間にさえ深刻な格差が余りにもあり過ぎると思っている。この格差を、戦が無くなった世に相応しいものに修正していかない限り、そこかしこに鬱積した不満は再び蠢き出し、第二の慶安の変（由比正雪の事件）を招くことになるだろうと思った。

しかしながら、幕府の官僚機構は現在、かつてないほど堅固で安定した基盤を築き上げている、と見てもいる。いわゆる「幕府の芯柱は完成した」と思っていた。

廊下を、母と判る静かな足音が近付いてきた。

「入りますよ、宗重」

「どうぞ」

障子がゆるやかに開き、阿季が盆に茶と菓子をのせて、入ってきた。宗重が起きている間は、着ているものを夜着に替えることなど滅多にない母であった。

「お勉強ですか」

「いや。咲が届けてくれた摺物が気になっているのです」

「伏見屋の咲さんは大店育ちだけあって、なかなかに教養・作法を心得た御人ですね。あのような方が、家の中に居るだけで、まわりが明るく温かくなります」

「そうですか」

「恥ずかしがり屋で内気なところもあれば、きちんと御自分の考えを述べられる心の強さも御持ちで、とても魅力的な御人柄だと思いましたよ」

「はあ、そうですか」

「ま、不器用な御返事ですね」

阿季は微笑んで去っていった。宗重が視線を注いでいた摺物のことは、ひと言も口にしなかった。

宗重は小皿にのっている浅草待乳山の名物、米饅頭を口に運んだ。この饅頭は慶安年間（一六四八年～一六五二年）に、待乳山聖天（台東区浅草七丁目・隅田公園そば）の門前町に在る菓子屋「鶴屋」の美しい娘よねが創製した菓子であった。

乳房の大層に豊かな絶世の美女だった、という噂が広まっていることから、現在は既に男の女房となってそれなりに年齢を重ねていることだろう。

などと考えながら、宗重は咲の美しい顔を思い出していた。

が、直ぐに目の前にある摺物と入れ替わった。庭先から、なんという虫か、澄んだ鳴き声が伝わってきて、それが夜の深さを感じさせた。ときおり遠くから聞こえてくる犬の遠吼えも、かえって夜の静けさを強めた。

その静けさが破られたのは、子の刻（午前零時）が過ぎたと思われる頃だった。

何者かが表門を激しく叩き、その音が離れの宗重の耳にまで届いた。

宗重は立ち上がって、床の間の刀掛けにかかった大小刀を腰に帯びた。

「若様」と、障子の外で賄方の老女の声がした。いつだったか夜鷹の権次を「変な男」と決め付けた、あの気丈な老女の声だった。

宗重が障子を開けると、老女は庭先に立っていて、

「夜鷹の権次が、どうしても若様に、と血相変えて来ておりま……」

「ここへ通しなさい。急いで」

宗重は老女の言葉が皆まで終らぬうちに、告げた。その様子が只事でないと判ったのか、老女は「は、はい」と慌て気味に表門へ引き返し、夜鷹の権次を連れてきた。

阿季も心配そうに、離れにやってきた。

懸命に走ってきたのか権次の息は荒く、それでも阿季に向かって深々と腰を折ってから、宗重と目を合わせ一気に喋った。

「若様。怪し気な素浪人の集団、遂に見つけやした。その数十四人。連中はいま覆面で顔を隠し、日本橋南通りを北へ向かって急いでおりやす。すでに日本橋を渡った頃と存じやすが、俺の手下二人を張り付けておりますんで、見失うことは万に一つも御坐んせん」

「この時刻に覆面で顔を隠し急いでいるということは……」

「へい。金に窮した素浪人どもが、何処かの大店へ押し込むのかも知れません。日本橋の南通り北通りの大店と言えども、十四人の素浪人どもを満足させるだけの金を持っているところは多くは御坐んせん。一人頭五百両と踏んでも七千両」

「それだけの金を常に備えておる大店と言えば、何処だと思うか」

「幕府御用達の刀剣商・相州屋。次いで米問屋の伏見屋あたりではないかと……」

「よう報らせてくれた権次。お前は直ぐ様この事を、高伊同心と玄三に伝えてくれ。私は日本橋へ駛る」

「承知しやした」

夜鷹の権次が、もう一度阿季に頭を下げてから、身を翻した。

「母上、お聞きの通りです」

と、宗重は母へ向き直った。

「判りました。相州屋、伏見屋と聞けば、捨ててはおけませぬ。襲われるかどうか、まだ判りませせぬが、ともかく駈けつけてあげなされ」

「はい」

「宗重。手傷を負うて修練を休んでいる間に、腕の方は落ちておりませせぬな」

「母上……」

「ほほほっ、冗談ですよ。そなたが生半可な修練をして来た者でないことは、この母が一番よく知っております。さ、急ぎなされ」

「では……」

この段になって笑みを忘れぬ、強い母であった。そして、この強さこそが、宗重の強さであった。可愛い可愛い大切大切、だけで育てられていたなら、宗重の心身に一寸の武士道さえも備わっていなかったであろう。美しい獅子(しし)の母にして、強靭(きょうじん)な虎狼(ころう)の倅(せがれ)であった。

宗重は駿河屋寮を出て、韋駄天(いだてん)の如く漆黒の江戸を走った。だが、幾らも行かぬ内に、宗重の足は止まった。頭上の雲が切れて漆黒の地に月の光が降り注ぎ、その中を四、五人の人影が走ってくる。

「何者かっ」

その人影が宗重の目前で左右に広がって身構えるなり、真中の男が大声を発した。その男と、もう一人が町方同心と判る身なりであった。

「これは若様では御坐いませんか」

右端の町人態が、一歩前に出た。十手を手にした大工の玄三だった。

「お、玄三ではないか。どうしたのだ」

玄三はそれに答える前に、「何者かっ」と大声を発した町方同心に向かって早口でこう言った。

「高伊の旦那と、あっしが常日頃お世話になっている御方です。怪しい御人では御坐んせんので」

「判った……行くぞ」

一行は再び走り出したが、玄三だけは踏み止まった。

「このような時刻に如何がなさいました若様」

「それより、お前はどうなのだ。只事でない様子だが」

「へい。あっしと親しくしております、江戸橋辻番脇の栄吉という御用聞きと、その下っ引がこの先、牛込御門の近くで何者かに斬殺されやして」

「それはまた……」

「で、界隈の御用聞きに総出の指示が出やして、これから駈けつけるところで御坐います。高伊の旦那は、今夜一晩は役宅当番の筈ですから、一足先に現場へ出向いていると思いやすが」

「そうであったか。親しい仲間が殺られるとは、辛い仕事になりそうだな」

「へい。ところで若様は……」

「なに。私は急用あって柳生様の御屋敷へ出向くところだ」

「このような時刻に、ですかい？」

「このような時刻に合わせての、急用なのだ」

「そうで御坐いましたか。では、あっしは牛込御門の現場へ駈けつけますんで」

「気を付けてな」

「有難う御坐いやす」

玄三は頭を下げてから走り出し、その後ろ姿が月下を遠ざかってから宗重も走った。

と、玄三が急に立ち止まって振り返り、尋常でない速さで小さくなっていく宗重を認めて首をひねった。

三

咲が夜具の上に身を横たえたのは、子ノ刻を少し過ぎた頃であった。両親も奉公人たちも既に眠りに入っていて、広い商家は物音一つ立ててない。

咲は、今やわらかな幸せ感に包まれている自分が、なんとなく気恥ずかしかった。その幸せ感が、駿河屋寮へあの摺物を届けた時に応接してくれた宗重の母の優しさから来ていることを、彼女は知っている。

「いつでも訪ねていらっしゃい。私(わたくし)のよいお話し相手になってください。そうそう、近い内に浅草寺さんへ、二人でお参りに行きましょうか」

宗重の母の言葉の一つ一つが、まだ咲の耳の奥にはっきりと残っているのだった。

やがて咲は、微睡(まどろ)み始めた。その中に夢とも現実ともつかぬ光景が、浮かび上がっては消えた。宗重の母に甘えたように寄り添って、浅草寺にお参りしている光景であった。

「御母様……」

ぽつりと漏らした咲の目尻に、小さな涙の粒があった。一歳半のとき、参詣(さんけい)していた神社の境内で実の母親を、不埒(ふらち)な浪人に斬殺された咲。その後、優しかった乳母が母となって幸せを取り戻した筈であったが、矢張り〝生みの母の姿〟を探し求めていたのであろうか。そして宗重の母阿季に、生みの母の姿を重ねることが出来た、とでも言うのであろうか。

突如、微睡みが乱れ出し、目の前に形相凄まじい浪人が現われて、大刀を振りかぶった。

咲は、夜具の上に体を起こした。息が少しばかり乱れていた。微睡みの中に出現した形相凄まじい浪人の顔が、脳裏ではっきりと尾を引いている。

その顔が、神社の境内で母を斬った浪人なのだろうか、と咲は思った。当時の咲は一歳半であったから、不埒な浪人の顔はむろん覚えていない。

八ツ半頃（午前三時頃）には自然に消えるよう寸法が測られている安全燭台がジジと小さく鳴って、蠟燭の炎が揺れた。この時代、部屋の明りとして、蠟燭は最高の贅沢であった。ましてや八ツ半頃まで安全燭台を点しておくなど、豪商伏見屋だからこそ出来たことである。そこそこの商家では菜種油を用いることが多く、ましてや裏長屋の貧乏町人などは陽が沈むと直ぐさま寝るか、奮発して使ってもせいぜい安房（千葉）外房産の鰯の油だった。しかし、これは臭くて暗くて、煤も出る。もっとも上等な太巻蠟にしたって、一本の放つ明るさは、たかが知れている（一本で七、八ワット程度）。

咲は再び夜具の上に体を横たえようとして、体の動きを止めた。庭先から、何か小さな音が伝わってきたような気がしたのだ。小枝が、踏み折られるような、乾いた音だった。

神経を研ぎ澄ませたが、その音一度きりであった。

だが咲は起き上がった。一度きりにしろ、先程の乾いた音は余りにもはっきりと、耳に届いていた。野良猫が庭先に侵入して、落ち枝を踏みつけた音とも思えない。

彼女は素早く身繕いを整え、枕元に横たえてあった柳生家家紋入りの大小刀を腰に帯びた。

咲は廊下には出ず、隣の空き座敷との間を仕切っている襖(ふすま)をそっと引いた。家族の生活の場となっている〝奥の間〟の各座敷を結ぶ廊下は、およそ三間（約五・五メートル）ごとに鶯(うぐいす)張りとなっている。

彼女が廊下に出なかったのは、そのためだった。

ひんやりとした空き座敷に入った咲は、さらに次の間との仕切りになっている襖に手をかけ、小声で言った。

「お父様、お母様、咲ですが開けてよろしいですか」

「どうしたんだ。お入り」と、父伏見屋傳造の声が返ってきた。

「失礼します」

咲が襖を開けると、両親ともまだ夜具も敷かず文机を挟んで向き合い、帳簿の整理に励んでいた。咲に対し生みの母のように優しい継母由紀の前には、大きな算盤(そろばん)がある。

「一体何があったのですか。その姿は」

由紀は咲が大小刀を帯びているのに、驚いた。

咲は唇の前に、形良い人差し指を立てて見せた。

「声を押さえてください。庭先に何者かが潜んでいると思われます」

「えっ」と、伏見屋傳造も由紀も、顔を硬くした。

「お父様とお母様は念の為、裏座敷へ退がって、しっかり内錠を下ろしてください」

咲の言った裏座敷とは、万が一の時の退避所で、この座敷の直ぐ裏側に、そうとは判り難(にく)い頑丈な構造で、しつらえられていた。

「そうもいかんよ咲。たとえ不埒な族がこの屋敷へ侵入したとしても、咲や奉公人を渦中に残して、夫婦だけが安全を求める訳にはいかん」

「伏見屋は札差・仲買・小売の三方にそれぞれ独立した形で手を広げている大きな集団です。お父様は、お母様と共にその集団の総指揮を取る立場にあるということを、忘れてはなりません。戦に於いて侍大将が倒れると、その指揮下にある部隊の動きは、止まるのですよ。伏見屋を潰しては、なりません」

「う、うむ」

「さ、早く……」

咲は急かした。と、店の方で「ぎゃっ」と男の悲鳴が起こった。

「急いでください」

「判った。お前は大丈夫か。一緒に来なさい」

「私は自分の力で、自分を守れます」

「うん、そうか……そうだな」

伏見屋傳造は由紀を促して、廊下とは反対側から座敷を出た。

咲が文机の上の帳簿や算盤を素早く整理箪笥にしまって、自分の部屋に戻った時、今度は甲高(かんだか)い女の悲鳴がした。

同時に荒々しい大勢の足音が、こちらへ向かってくるのが判った。

咲は静かに障子を引いて幅広い廊下に出ると、次に雨戸を開けた。

落ち枝が踏み折られるような音がした庭には、青白い月明りが降り注いでいるだけで、何者の姿もなかった。ただ、二、三人と思われる足跡が、店の方へ続いていた。おそらく先ず高さ六尺ばかりの塀を超えて二、三人が侵入し、その連中が、外からは容易には開かない店の表戸を、内側から開けたのだろう。

咲は素足のまま庭先へ下りた。隅々まで知り尽くした庭である。素足のまま下りることに、いささかの迷いもなかった。

幾度も曲がった長い廊下を、荒々しい大勢の足音は、遂に其処までやってきた。

夜でなければ全ての雨戸が開いているため、足音の正体はすでに見えた筈であった。

その正体が、とうとう咲の部屋の前まで来て足を止め、そして月下に立っている彼女に気付いて、一瞬だがたじろいだ。怯(おび)えではなく、たじろぎであった。

ただ全身黒ずくめであり、覆面で顔を隠しているため、咲が捉えたその反応は微かなものだった。

「ほう。この家の娘ではないか……」

女のように綺麗に澄んだ声だった。しかし体つきは、明らかに男。

他の不埒者たちが、次々と雨戸を開けてゆき、黒ずくめが全貌を現わした。

その数、土足の十一名。

またしても店の方で、男の断末魔の悲鳴が生じた。どうやら店の方に、見張りのためでか、まだ何人かが残っているようだ。

「覆面輩が、どうして私が、この家の娘、と知っているのです？」

咲は訊ねた。左手は、すでに鯉口を切っていた。

「さては、この伏見屋のことを、よく知っているか、あるいは調べた上で襲ってきましたね？」

咲の穏やかな二度の問いかけに、澄んだ声の相手は答えなかった。

「両親は、今夜はこの屋敷にはおりません。金蔵の鍵は私が身に付けています。欲しければ私を倒しなさい」

「ふん。倒せ、だとよ。多少は、刀を振り回せるのか」

嗄れた声の長身の黒ずくめが、鼻先で笑いながら、庭先へ下り出した。

その後に、二人、三人と続く。

咲は、ゆっくりと滑らせるように右足を引き、対する黒ずくめ四人は一斉に抜刀した。

と、咲の腰で、青白い月光を浴びた刀の鍔が、一条の鋭い光を放った。

「待ていっ」

澄んだ声の黒ずくめが、仲間の動きを止めて、庭に下りてきた。その視線は、咲の腰の刀の鍔に、釘付けとなっている。

「柳生家の家紋……」と、澄んだ声の黒ずくめは驚きを込めて呟いたが、仲間の耳に届くにはその呟きは小さすぎた。

咲は抜刀しつつ腰を下げた。剣先が綺麗な半円を描いて、右腰の後ろ下に隠れる。相手から、剣先が見えない位置だ。

咲が恩師小幡勘兵衛景憲から、教えに教え込まれてきた小野派一刀流〝高上極意五点の技〟の一つ、妙剣であった。あとの極意四点に、絶妙剣、真剣、金翅鳥王剣、独妙剣がある。

「出来るぞ。殺(や)れっ」

澄んだ声の黒ずくめが、甲高く激声を飛ばして再び縁側（廊下）に戻った。

その声を待つか待たぬ内に、一人が左前から閃光(せんこう)の如く咲に斬り込んだ。闘い馴(な)れた斬り込みであった。その速さは、空気を震わせて鳴らした。

飛騨守宗冬から譲られた咲の剣が、相手の速力を受けて火花を散らすや、そのまま巻き込むように刀身を回転させて、電撃的な突きを繰り出した。

「があっ」

喉元(のどもと)を一刀のもとに突き裂かれた相手が、まるで叩きつけられたかの如く仰向(あおむ)けに沈む。

その強烈な繰り出しを目(ま)の辺(あた)りに見て、対峙(たいじ)する三人が思わず半歩退がった。

咲は敵の新たなる斬り込みに備え、脇構えを取った。左脚をやや前に出して屈折させ、引いた右脚は地に爪先を立て、剣先は右下へ落とす絵のように美しい構えであった。小野派一刀流〝払捨刀七点の技〟の一つ、地生(ちしょう)である。

この流れるように美しい構えが、どれほど凄まじいか、やがて相手は知ることとなる。

「怯むな。時が足らぬ。急げぃっ」

またしても甲高い激声を飛ばした黒ずくめが、ドンッと縁を踏み鳴らした。

この苛立ちが、二人目の犠牲を、促した。苛立つということは、女の剣法を「たかが女……」と、甘く見ているということである。咲の剣法を真に見極めておれば、苛立ちなど覚えておれなかった筈だ。

獣のような唸りを発して、二人目が真正面から斬りかかった。嗄れ声の長身の黒ずくめ、であった。剣の動きはさほど俊敏ではなかったが、ぶつかるように深く踏み込んだ、巨石の落下を思わせるような豪胆な斬り下ろしだった。

それに対し咲は右足を一瞬の内に踏み出して、左向きの半身となるや、顔の前に怒濤のように打ち下ろされてきた凶刀の柄の辺りへ、剣先で軽い一撃を加えた。

「あつっ……」

左手首に激痛を感じた相手が、打ち下ろした刀を反射的に頭上へ戻して飛び退がったとき、寸陰を空けず飛燕の如く敵に肉迫した咲の〝飛騨守宗冬〟が、相手の右小手を下から強烈に掬い上げた。青白い月明りの下、それはまるで稲妻が走ったかのようであった。

断ち斬られた相手の右手首が、刀を掴んだまま月下を舞い上がる。

だが、それだけでは済まなかった。「むんっ」という低い気合が咲の唇の間から漏れて、〝飛騨守宗冬〟が逆の円を描いた。

今度は相手の左手首が断ち斬られ、それが縁側まで投げつけられたように吹っ飛ぶ。

「おおおおっ」

両手首を失った相手が、血しぶきを撒き散らし庭先を転がり回った。対峙していたあとの二人が、カッと目をむいて大きく退く。

「おのれえ。誰か、先生を呼んでこい」

「はっ」

二人が幅広い廊下を鳴らし、店の方へ走っていった。

咲は極めて統率のとれた集団を、目の前に見ていた。澄んだ声の黒ずくめの一言一言に皆が忠実に従っている。真剣を手にした初めて経験する実戦であるにもかかわらず、異様なほど落ち着いている自分が、彼女は信じられなかった。

それはおそらく柳生様から頂戴したこの刀のせいだろう、と彼女は思った。

鍔に柳生家の家紋が彫金されているのだ。誰でもが持てる刀ではない。

それを町人の娘である自分が手にしている、という思いが明らかに今の彼女を支えていた。

しかも、大変な斬れ味。

と、廊下を店の方から、二人の黒ずくめが急ぎ足でやってきた。鶯張りの廊下が危険を知らせて軋(きし)んだが、もはやこの段となっては役立たぬ囀(さえず)りであった。先程命令を受けて店の方へ向かった二人とは体格が違っていることから、この二人が〝先生〟なのだろう。

「時が無い。早く始末をっ」

澄んだ声の黒ずくめが、甲高く咲を顎(あご)でしゃくった。

「承知」

二人の〝先生〟とやらが、庭先に下りて、それまで対峙していた二人は後ろへ退(ひ)いた。

柄に軽く掌を合わせ、静かにゆっくりと腰を下げた二人の〝先生〟の構えに、妙剣で向き合った咲の表情が、みるみる硬くなった。彼女にはそれが、田宮流抜刀術・稲妻と判ったからである。しかも、先に倒した二人とは段違いの腕、と読み取れた。

咲の額に小粒の汗が浮き上がって、月明りの下、それは青白い宝石のように小さく光った。

田宮流抜刀術・稲妻は、本来は座した状態で、襲い来る相手を瞬時に一刀両断とする刀法である。その業（わざ）を、二人の〝先生〟は立ち業として今、咲に見せようとしていた。

抜刀術（居合術）は決して田宮流だけの、お家芸ではない。小野派一刀流にも柳生新陰流にも、そして天真正伝香取神道流や立身流兵法にも抜刀術はある。

ただ田宮流抜刀術は、身・刀一体の追究に成功した高度に精緻（せいち）で鋭利な居合刀法として、最右翼にある、と言い伝えられてきた。「位（くらい）の田宮」「美の田宮」と称せられるほど格調高く、つまり抜刀術史上最強の居合刀法、ということになる。

が、いかなる優れた分野にも必ず、はぐれ者、の一人や二人はいる。

その、はぐれ者と覚しき二人の〝先生〟が、ジリッと咲に迫った。

圧（お）されて咲が、退がった。完全に圧されていた。

二人の〝先生〟のうち一人が、何を思ったか刀の柄から手を放し、相棒の〝先生〟から離れた。二人で追い詰める程の相手ではない、と判断したのであろうか。

咲は、これこそが真剣による勝負なのか、と思った。身の毛がよだつような恐怖が襲いかかってくる。先程までの自信は、霧散していた。肘のあたりに、震えがきていた。

このとき、咲を圧していた〝先生〟に、いや黒ずくめ全体に、激しい揺れが生じた。

そして咲も背後に、それまでとは違った変化を捉えていた。

「咲、もうよい。退がっていなさい」

咲は「ああ……」と、膝から崩れそうになった。宗重の声であった。心の片隅で、どれほどか待ち望んでいた、宗重の声であった。涙が、こみ上げてきた。

咲が退がり、宗重の長身が彼女の前に、すうっと立つ。

「咲、私の刀法をよく見ておくがよい。実戦の刀法をな」

「はい」

咲は〝飛騨守宗冬〟を鞘に納め、宗重の動きの邪魔とならぬよう更に後ろへ退いた。
肘だけではなく、躰(からだ)のそこかしこに震えがきていた。とまらなかった。宗重の声を聞いたとたん一気に噴き出した。気の緩みの震えに相違なかった。

宗重に対し、黒ずくめ九人全員が庭に下り立ち、扇状に散開した。

「手を出すな。儂(わし)が殺(や)る」

咲を圧していた田宮流が声で凄み、半歩迫って腰を中腰として構えた。右掌を刀の柄に軽く合わせている。

これに対し、宗重は相手と全く同じ居合の姿勢をとり、しかし右掌はなんと、脇差の柄に合わせていた。

咲は息を止めた。八名の黒ずくめも固唾(かたず)を飲んだ。抜刀術史上最強と伝えられる田宮流の大刀居合刀法に対し、宗重は脇差居合刀法で応じようとしているのだ。

(宗重様のこの選択は一体、何を意味しているのか)と、小野派一刀流中伝の咲は、体を震わせながら考えた。無謀である、とも思った。

重苦しい沈黙と青白き月明りが、十一名の頭上に降りかかる。

田宮流が目に見え難(にく)い動きを重ねて、間合に入った。そいつが抜刀すれば宗重に剣先が届く、いわゆる至近距離であった。だが、まだ宗重の脇差の、間合ではない。

しかし、相手は動かなかった。いや、動けなかったのだ。宗重の呼吸法、ひと呼吸のあと数呼吸を止めるその独特の呼吸の繰り返しに、相手は次第に圧倒されていた。

「どうした植田」

もう一人の〝先生〟が、不用意に名を出して叱咤した。苛立ちの余り、つい口を滑らせたのであろうか。

宗重の口元に、薄笑いが浮かんだ。

「そうか。貴様が紀州藩徒目付の植田誠之進だな」

「いえいっ」

宗重の言葉を皆まで待たず、裂帛の気合よりも僅かに先に、相手の剣が迸った。痛烈な速さであった。宗重の右膝、右腰、左肩へと三段攻撃が矢のように襲いかかる。

それを宗重の脇差が、鮮やかに受け止めて、鋼の打ち鳴る音が月下に響き渡った。

双方が素早く離れ、お互いの刀が鞘に納まり、再び元の居合の構え。

宗重の右掌は、今度は大刀の柄に合わされていた。

咲は、ハッとなった。

(宗重様が脇差で応じたのは、相手の抜刀の速さを読み取るため……)と気付いたのだ。

抜刀術に修練の中心を置いてきた免許皆伝の相手に対し、相手と同じ大刀で応じれば抜き遅れることも考えられる。居合対居合では、僅かな抜き遅れでも命取りとなる。その僅かな抜き遅れに対処する目的で、宗重は少しでも速く抜刀できる脇差で応じたのだ。けれどもこれは、余程のこと己れの防禦剣法に自信がないと出来ぬ業である。

咲は目の前の宗重の、流麗な構えに見とれた。相手と相似する構えであるにもかかわらず、流麗さに格段の差があると判った。

宗重と打ち合った〝先生〟は、背にゾクリとするものを感じていた。絶対の自信を持って相手に叩き込んだ三段攻撃が全て阻止されたことよりも、その瞬間の相手の脇差の動きに、衝撃を受けていた。自分の大刀に吸い着くようにして離れなかった感触が、あったからである。つまり、右膝から右腰、左肩へと宗重の刀が自分の刀と一体となって〝ついて回ってきた〟ような気がしたのだ。

（おのれ……）

〝先生〟——植田誠之進は音立てぬよう舌打ちして、宗重との間を詰め出した。もう一人の〝先生〟、おそらく紀州藩目付頭の宇多川三郎兵衛が、任せておけぬ、とでも思ったのか植田誠之進と居並んだ。

「拙者に任せてほしい、頼み申す」

歯ぎしりするような、植田の強い語調であった。その語調の強さに、宇多川三郎兵衛と覚しき黒ずくめは、黙って植田から離れた。

次の瞬間、地を蹴った宗重が、なんと宇多川と覚しき黒ずくめに、挑みかかっていた。

それは意表を衝いた、宗重の奇襲であった。

とは言え、相手も田宮流抜刀術の皆伝者。宗重の奇襲に一瞬うろたえたが、同時に抜刀していた。刃が、向かってくる宗重の首を狙って斜め一文字に走る。

が、その刃が、彼の胴を払うよりも先に、宗重の五郎入道正宗が大上段から斬り下ろしていた。その余りの凄まじい勢いに、見ている咲は恐怖を覚え目を閉じた。

ガチッと鈍い音がして、五郎入道正宗が宇多川と覚しき相手の凶刀を真っ二つに断ち切り、そのまま頭の先から喉元までを割った。

宗重はこのとき既に、相手の胸を蹴って五郎入道正宗を引き抜きざま、身を翻していた。寸陰を空けぬ俊敏さであった。攻撃こそが防御を確立させる、それが恩師観是慈圓の剣法理論の基礎を成している。

続いて疾風のように打ち込まれたのは、植田誠之進だった。抜刀して宗重の第一撃をかろうじて受けたが、そのまま面面面面と激烈に斬り込まれた。しかも頭でも眉間(みけん)でもなく、鼻柱の一点を狙って斬り込んでくるから、懸命に防ぎながら植田はおののいた。防ぎに防いでも、一条の青白い光が、目にも止まらぬ速さで鼻先に向かってくる。

「殺れっ」

植田不利と見て、甲高く澄んだ声が命じ、黒ずくめの皆が大上段に振りかぶったとき、面攻撃の防禦に必死となっていた植田が、右肘から先を大根のように斬り落とされて横転し、「うああっ」と絶叫した。

宙に跳ねて一転した肘から先が刀を握ったまま、黒ずくめ七名の前にドサリと落下。

扇形に広がった七名が、明らかに怯えてザッと引いた。田宮流抜刀術をもってしても通じぬ、圧倒的な宗重の剣技であった。いや、田宮流の皆伝者に値しない不埒者ゆえ、最強と言われている格調高き同流の抜刀術に濁りが生じたのであろう。いつの時代となっても、一部のこういう不心得者あるいは自惚(うぬぼ)れ者が、武芸流派の名を汚すのである。その意味では小野派一刀流も念流も柳生新陰流も決して例外ではない。

宗重は血で汚れた五郎入道正宗の刃を懐紙で清めると、静かに鞘に納めた。

視線は、澄んだ声の黒ずくめに向けられていた。

「まだ立ち向かってくるか、紅玉屋平六」

月明りを、まともに浴びている覆面で隠した相手の顔が、誤魔化しようもなく息詰まった反応を見せた。もう間違いはなかった。紅玉屋平六であった。

「歪んだ御政道を正すとかを大義名分として、罪なき弱者を殺害し、日夜汗を流して働いている商家へ押し込んで金を略奪するのが、それほど面白いか紅玉屋平六。きりきりしゃんと返答せい」

「黙れ、下郎侍」

「ほう。私が下郎侍なら、お前は、その下の蛆虫ってとこか」

「うぬぬ……」

「よく聞け紅玉屋平六。これ以上抵抗するなら、命を無駄にする覚悟で向かって参れ。どいつもこいつも、一撃目で利き腕を、二撃目で利き脚を断ち切ってくれるわ」

　宗重が、ずいと半歩出ると、不埒者の扇形が呼吸を合わせたように、さっと大きく広がった。

「ええい、店で見張っている三人も呼んでこい」

　数に頼ろうとしてか紅玉屋平六が、配下の者に金切り声を出した。すでに統率力を失っている者の声であった。

「無駄だ。その三人の息は、すでに無い」

「な、なに……」

「いさぎよく諦めて刀を捨てよ。それとも、まだ四の五のほざいて、私にもう一度、五郎入道正宗を抜かせる気か」

宗重が睨(にら)みを利かせた声で、そう言い終えたとき、店の方が騒がしくなって、町奉行所与力同心に率(ひき)いられた捕り方たちが庭先へなだれ込んできた。高伊同心もいた、玄三の顔もあった。司法の職には場違いな夜鷹の権次とその子分も、遠慮がちに端の方にいた。

「凶賊ども、神妙にさらせい。それとも香取神道流皆伝揃いの、我ら南町奉行所与力同心に立ち向かってくるか」

赤房十手を刀の横に帯びていた与力が宗重のそばに立ち、十手を身のこなしよく引き抜きざま、野太い声で威嚇した。与力と違って十手を、やや腰の後ろ加減に帯びている同心たちが、一斉に腰を落として抜刀の構えを見せる。

なかなかに絵になっている、この与力同心の場馴れた威嚇は、見事なほど効いた。

ふてくされたように最初に刀を投げ出したのは紅玉屋平六で、続いて配下の者たちが、ガックリと両膝を折ったり、刀を手放したりした。

抵抗なし、と判断した捕り方たちが、凶賊どもに殺到した。その凶賊に野太い声の一喝を与えた与力が宗重に向き直って丁重に頭を下げた。

「私、南町奉行所与力秋元重信と申しまする。何とぞ宜しく御見知りおき下さりませ」

それだけしか言わなかった、秋元与力であった。が、その丁重な態度は宗重の素姓を知っている者のそれであった。恐らく、奉行神尾元勝か高伊同心から耳打ちされているのであろう。

二人の面前で、凶賊どもに次々と捕縄が掛けられていく。

「それではこれで職務に戻らせて戴きまする。できれば後日にでも改めて、厚かましく歓談させて戴くお時間を頂戴できますれば……」

「ええ、声をかけて下さい」

「有難う御坐いまする。では……」

秋元与力が宗重に一礼して、捕縛された凶賊たちの中へ入っていった。

入れ替わるようにして、玄三が手の甲で額の汗を拭き拭き、宗重のそばにやってきた。息が荒い。

「よくぞ此処と判って駈けつけてくれたな玄三。礼を言うぞ」

「なあに、これが鼻の利く町方の仕事ですから。とくに若様のことは、朝昼晩と注意致すように、と高伊の旦那から言われておりやすんで。それより、お怪我は御坐いませんか」

「大丈夫」

「治りかかっておりました傷に、影響ないでしょうね」

「判らぬが、傷口が開けば、また縫えば済むこと」

「そのようなヒヤリとする冗談を、言わねえで下さいやし。高伊の旦那も、あっしも本気で若様のお体を心配しているんで御坐んすから」

「そうか。いや、そうだったな。申し訳ない」

「お嬢様も大丈夫ですかい」

玄三が、咲に向き直った。

咲が「はい」と頷き、玄三がまた宗重と目を合わせ小声で言った。

「若様、此度(こたび)は権次の野郎とその手下が、よく頑張りやした。誠に恐縮で御坐いますが、よくやった、と一言声をかけてやって下さいやし。きっと本人達も、喜びますんで」

「うん、そのつもりだ。彼等の機転がなければ、いくら鼻の利く玄三でも、此処が騒ぎの場所とは判らなかったであろうからな」

「へい。全くその通りで」

「それから駈けつけてくれた与力同心たちだが、皆、香取神道流皆伝とは驚きだ。南町奉行所は、凄いではないか」

「へへっ。香取神道流ではなく、蚊取線香程度ですよ」

玄三が宗重の耳元近くで囁き、肩をすぼめて離れていった。

宗重は呆(あき)れ、それから「なんとまあ……」と、苦笑を漏らした。

第十章

一

朝五ツ頃(午前八時頃)。

宗重は堀の向こう江戸城の表玄関、大手御門を眺めて、足を止めた。その大手御門に向けてかかる橋の手前右袂に、〈下馬〉の高札が立っていた。登城せし者ここで下乗せよ、の通告札である。

彼は空を仰いだ。雲一つない青空が、遥か彼方にまで広がっている。

これから登城しようとする宗重は、柳生飛驒守宗冬の「いつもの気軽な着物でよい」との言葉通り肩衣・袴を避け、着流しに二本差しであった。つまり定められた規律を、破っていた。ただ、着流しとは言っても宗重としては手持の内の一番よいものを、着てきた積もりである。

はたしてそれで、許されるかどうか。

背丈高く、凛たる風貌の彼には、それがよく似合っていた。腰に帯びたる大刀は無論のこと五郎入道正宗二尺二寸二分である。この尺寸は、自分の背丈と念流刀法には最も適合している、と気に入っている彼であった。

宗重は、下馬札と対角に位置する大きな屋敷を、見まわした。見まわした、と言っても長大な四辺の塀の、南側の一辺が見えるに過ぎない。大手御門前に並ぶ有力諸大名の屋敷の中で最も大きなそれは、承応二年（一六五三年）に二十九歳で上席老中に就いた譜代の名門、上野国厩橋藩主十万石酒井雅楽頭忠清（一六二四年～一六八一年）三十四歳の上屋敷であった。昨年の大火で全焼したが、ほぼ再建を終えている。

宗重は、下馬札の前まで進み、振り返って、もう一度酒井雅楽頭邸を眺めた。父酒井忠勝から、「忠清は若いが非常に優秀なる人物」と、聞かされたことがある宗重であった。

酒井忠勝にとって、酒井雅楽頭家は、いわば本家筋に当たる。

その雅楽頭邸の広さ、実に九千八十八坪。昨年の大火後に、隣接する松平乗久(まつだいらのりひさ)邸（上野館林藩主五万五千石）及び本多政勝(ほんだまさかつ)邸（大和郡山藩主十五万石）の屋敷地が忠清に与えられたことにより、一層広大となったのだ。そのため松平・本多邸は他所(よそ)へ移っている。

けれども宗重は、自分の体の中を流れる血と全く無縁ではない上席老中酒井忠清の顔を、まだ知らなかった。また、格別に、会ってみたいとも思わない。清水が流れるが如く淡々、それが相変わらずの宗重であった。

宗重は視線を雅楽頭邸から、目の前の下馬札に転じて、ようやく表情を引き締めた。

大手御門と向き合うかたちで、登城する諸大名の供侍の待合所（腰掛と称する）が設けられているが、定例の登城日ではない今朝は、ひっそりと静かであった。定例の登城日ともなると、待合所の辺りは主人(あるじ)を待つ供侍たちで溢(あふ)れ返り、その彼等の財布を当て込んで、飲食の屋台や棒手振りがひしめく、といった光景になる。

日常的な職務を持っている老中や若年寄など幕閣首脳や高級官僚たちは、だいたい四ツ頃（午前十時頃）の登城となっていた。

宗重は下馬札から離れ、大手御門への橋を、渡り出した。この橋から先も、輿（こし）や駕籠（かご）に乗ることが認められている有力大名や一部の高級官僚は、城内の下乗所（大手三の門の外側ほか）までそのまま進める。但し御三家（尾張・紀伊・水戸）だけは例外で、さらにその先、本丸玄関前門の中雀門（ちゅうじゃくもん）まで入れた。

大手御門の前に立った警備の侍たちが、次第に近付いてくる宗重を身じろぎもせずに見続けた。が、べつだん厳（いか）めしい雰囲気を、放っている様子はなかった。そして、双方の隔たりが充分に縮まったとき、警備の侍たちは宗重に対し、軽く、しかし敬意をきちんと表に出して、腰を折った。問いかけも、確認もなかった。

今日の宗重の着流しの胸には、父酒井讃岐守忠勝家の家紋が、金糸で刺繍（ししゅう）されている。宗重が持っている家紋入りの着物は、この一枚のみだ。

宗重は、柳生飛騨守宗冬から、こう言われていた。

「大手御門を入り、そのまま大手三の御門まで進んで、渡櫓（わたりやぐら）を通ると左手に百人番所あり。そこから先は誰かが案内致そう」

誰かが案内致そう、の誰かは名が判らぬままであった。絶大の信頼を寄せている飛驒守宗冬に、その〝誰か〟について宗重は訊くようなことはしなかった。誰か、のままで充分であった。柳生の小父の手配りに、不行届などはないと確信していた。

大火からの再建を目指して工事が進んでいる筈の城内は、意外にも宗重が想像していたよりは静かであった。

普請方の侍や職人達が右往左往している光景を想い描いていたのだが、槌の音も声高なやりとりも殆ど聞こえてこない。どうやら再建は、遠く離れた、城域の端の方へ、移っているようだった。

三人の中年の侍が、向こうから急ぎ足でやってきた。

宗重との間が詰まると三人は、体を横に開いて道をあけ、黙って一礼した。

宗重は侍たちのその様子に、飛驒守宗冬の力を感じた。あるいは老中稲葉美濃守正則が動いた結果かも知れないが、にしても宗冬の力であると思った。

そしてもう一つの力、着流しの胸に刺繡された酒井讃岐守家の家紋の力というものも、感じた。

大手三の御門外側にも、目つき鋭い警備の侍はいたが、素姓確認ないまま通れて、宗重の表情が、ちょっと曇った。

飛騨守宗冬が言ったように、左手直ぐの所に百人番所があり、数人の侍が待っていたように宗重の前方に立ちはだかっていた。更に、番所内から、二人の侍が現われた。

明らかに、これまでの御門警備の侍たちの態度とは、違っている。どこか、挑みかかってくるような、雰囲気だった。

江戸城百人番所の原型が、今から数十年前の慶長六年（一六〇一年）に出来たことを、徳川史を学んできた宗重は知っていた。しかし、その姿を実際に自分の目で見るのは、最初の登城となった今日が初めてであった。南北におよそ三十間ばかり伸びている、どっしりとした長大な百人番所の建物は、石垣の上にのった櫓（やぐら）や多聞（たもん）（狙撃（そげき）用銃眼を幾つも設けた白壁の長屋建築物）に四方を囲まれ、なかなかに堂々としていて威圧的だった。

眠ることないこの百人番所には、〝鉄砲百人組〟と称する警備の番士が詰めており、甲賀（こうが）組、根来（ねごろ）組、伊賀（いが）組及び二十五騎組の忍び侍たちによって構成されていた。各組とも、組頭一名、与力二十五騎、同心百人で編成されており、勤務は一昼夜もしくは二昼夜交代制である。甲賀組は子・辰・申の日、根来組は丑・巳・酉の日、伊賀組は午・戌・寅の日、そして二十五騎組は卯・亥・未の日が原則として当番となっていた。

「失礼ながら御登城に際して何を着るかを御心得あらずに、お出なされたか」

組頭か平番士かは判らなかったが、身分素姓を問わず、いきなり着衣違反詮議の雲行きとなったので、宗重はゆっくりと踵を返した。

「お待ちあれ」

呼び止められ、宗重は振り向いた。

「お答え願いたい。なぜ着衣の作法を確かめずして、登城なされたか」

語調が厳しく変わって、番士達が素早く宗重を取り囲んだ。

番所の中から新手が姿を現わして、たちまち一触即発の雰囲気だった。とは言っても、宗重は反抗的態度を見せている訳ではない。

彼は言った。淡々としていた。

「百人番所の職務を遺憾なく発揮なされていると知って、安心いたした。この大手三の御門に至るまでは、登城の着衣を心得ておらぬにもかかわらず、礼をもって迎えられたが、正直のところ不満でござった。ここにて、さすが百人番所よく検閲されている、と安堵致したる次第。仰せの詮議ごもっとも。着衣を替えて、出直して参ろう」

宗重は、また踵を返した。

「お待ち下されませ宗重様」

がらりと口調が丁寧になって、しかも相手の口から宗重の名が出た。

宗重は近付いてくる四十前後と思われる相手に、物静かな眼差しを向けた。

宗重を取囲んだ番士たちも、すでに挑発的な雰囲気を消して、やわらかくだが威儀を正している。

おそらく組頭であろう、宗重の前で足を止めた四十前後の男は、先ずきちんと頭を下げてから、真っ直ぐに宗重と目を合わせた。

「先の御大老酒井讃岐守忠勝様からは、我ら百人番士いろいろと貴重なる御教えを受け、また可愛がって戴き、今もその大恩を忘れてはおりませぬ。本日は御老中稲葉美濃守様及び柳生飛騨守様より、宗重様はじめての御登城とお聞き致し我ら百人番士、心よりお待ち申し上げておりました」

滑らかに喋(しゃべ)って、また頭を下げた相手であった。

相手は、言葉を続けた。

「なれど我らの任務は、定めを破りたる者に対しては身分の上下を問わず一応と言えども詮議することが大事。これ、先の御大老様の厳しい御教えなれば、何卒(なにとぞ)ご承知賜りたく御願い申し上げる次第で御坐いまする」

「おっしゃること、いちいち御尤(ごもっと)も。気軽な着衣でよし、と考えた私の勝手に全て非が御坐る。お許し下され。腹を切る必要あらばいさぎよく、この場で腹を切り申そう」

「め、滅相も御坐いませぬ」

相手は少し慌てると後ろを振り返り、「北浦大介これへ」と声をかけた。

宗重を取り囲んでいた番士たちの中から、いかにも屈強そうな顔つきの侍が、短い距離を機敏に駈け寄ってきた。年齢(とし)の頃、三十二、三というところであろうか。

「これより先、上様の御前(おんまえ)まで、この北浦大介なる者が御案内申し上げまする。

北浦は番士随一の物知りで御坐りますゆえ、お城のあれこれに関して御知りになりたき事があらば、どうぞ御遠慮なく御訊ね下さりませ」

「私を此処で解き放って、御貴殿に迷惑が及ぶことはありませぬか」

「はい。一向に……」

「では遠慮なく参らせて戴きまする」

「あ、宗重様。先の御大老様に暫くお目にかかっておりませぬが、御元気でいらっしゃいましょうか」

「変わらず元気でおります」

「それは何よりで御坐います。百人番所伊賀組組頭、わたくし中野与市郎ほか番士たち一同、恐れ多いことながら往時をことのほか懐かしんでおります、とお伝え下さりませ」

「判りました。大変に嬉しいお言葉、痛み入ります」

「それでは……」と、促すが如く中野与市郎が体を横に開くと、番士たちも綺麗に二つに分かれて道を空けた。尤も道とは言っても、此処は百人番所前の広大な場所。

「こちらで御坐います」

屈強そうな北浦大介が先に立って歩き出し、宗重はその後に従った。

「御老中から伺っていた通りの御方だ」と、中野与市郎の表情が緩む。

宗重と番士北浦大介は、百人番所と向き合っている中之御門へ進んだ。見る者を圧倒する石垣の上に、狙撃用の銃眼（射撃窓）を備えた白壁の重箱櫓や多聞がのっている重厚なる御門であった。本丸御殿に在す将軍に会うには、どうしても通らねばならぬ御門である。

外壁に幾つもの鉄砲狭間（銃眼）を持つ多聞は、石垣の上に長く連なって多聞櫓あるいは走り櫓とも称した。多聞長屋と呼ぶ場合もあって、内部の構造は外側（射撃方向）に向かって廊下を取り、廊下の後ろ側には指揮する侍や射撃手の待機のための部屋が並んでいる。

宗重と北浦大介が、その中之御門の直前まで進んだとき、背後が少しざわめいた。

宗重と北浦大介が足を止めて振り向くと、大手三の御門を大名駕籠が入ってきたところであった。大手三の御門の内側へ駕籠を乗り入れることが出来るのは、徳川御三家だけだ。

「恐れ入りますが宗重様。我々は、あの御駕籠の後から、ということに致しましょう」

「判った」

宗重と北浦大介は、中之御門の左脇まで退がり、丁重に腰を折って大名駕籠が近付いてくるのを待った。

「止めよ」

駕籠の中から声があって、行列の先頭が宗重と北浦大介の面前に達しぬうち、ぴたりと止まった。前もって予定されていたのでは、と思いたくなるほど、見事な止まり方であった。

北浦大介は地に片膝ついて控えたが、「止めよ」の声に聞き覚えがあった宗重は、折っていた腰を伸ばし駕籠を見た。

その駕籠から「宗重ではないか」と姿を見せたのは、御三家筆頭尾張藩六十一万石の第二代藩主大納言徳川光友三十三歳であった。

「これは大納言様……」と、軽く頭を下げた宗重に、大藩の若き藩主大納言光友が、幼馴染(おさななじみ)を見つけたかの如く足早に近付いた。

「予は急ぎの用あって登城したが、宗重はこのような所で何を致しておるのじゃ」

「はい。一度登城してみよとの、御呼びがかかり参上致しました」

「一度登城してみよとの御呼び?……しかも、その着衣でか?……よし判った。予が殿中を案内して遣わそう。誰の元へ参るのじゃ。月番老中か、それとも若年寄か」

「あ、いや。私はここに控えております百人番所の北浦大介殿に、案内を御願い致しましたゆえ」

「遠慮は無用じゃ宗重。予に付いて参れ」

先に立って歩き出そうとする大納言光友の腕を、「大納言様……」と声を低めてやんわりと摑(つか)んだ宗重は、そのまま三、四間、北浦大介から離れた。

「大納言様。本日八ツ半頃(午前三時頃)、紀州藩目付頭宇多川三郎兵衛及び徒目付植田誠之進を私の手で討ち取りまして御坐います」

小声で告げる宗重に、「なにっ」と大納言も囁(ささや)き返し驚いた。

「ほかに徒党を組んでいた者十数名、ことごとく南町奉行所が捕縛し、もしくは私が討ち取りまして御坐いまする」

「そうか。やってくれたか。尾張はこれで、紀州に借りを返したことになる。そう思ってよいな宗重」

「この件、私から紀州様に報告することは致しませぬ。どうぞ、尾張大納言様からなさって下さりませ」

「心得た。今日の内に、予の口から直接に致そう」

「それが宜しゅう御坐いましょう」

「それにしても、よくやってくれた。宗重の天晴(あっぱれ)なる働き、予は生涯忘れぬ」

「恐れ多いことで御坐りまする」と、宗重が少し頭を下げる。

「すると、今日の登城は、この件に関してなのか」

「本日は上様にお目にかかることになっておりまするが、私の口から申し上げる積もりは御坐いませぬ。此度(こたび)は南町奉行所が動いてくれましたゆえ、御奉行の神尾元勝様より、上様の耳に届きましょう」

「神尾元勝は深慮を大切とする人物ゆえ、紀州家に傷が付くような報告は上げるまいと信じたいが……」

「確かに神尾元勝様は何事にも慎重なる御方と聞いておりまするから、幕府と紀州様の間に確執が生ずるような報告の仕方は、まかり間違っても、なさらぬと思いまする」

二人の小声の遣り取りは暫く続き、やがて尾張大納言は宗重の肩を軽く叩いて、足早に駕籠へ戻った。

宗重と北浦大介は、尾張大納言の一行から少し遅れて、中之御門をくぐった。

門衛たちは、尾張大納言の駕籠に続き、宗重にも深々と腰を折った。

宗重・尾張大納言の声低き如何にも親し気なる会話は、見守る百人番所の番士たちや、中之御門の門衛たちに決定的な影響を与えていた。御三家筆頭尾張大納言に、誰もがそう易々(やすやす)と会える訳でも、話が交わせる訳でもない。ある意味では、幕府官僚の一部から「左様せい様」と見られている部分もある十七歳の将軍に拝謁するよりは、〝凄いこと〟なのであった。尾張に嫌われると殿中が歩けない、などと言われることもあるくらいだ。ましてや二代藩主徳川光友はかなり気性激しいと言われ、しかも柳生厳包に鍛えられた柳生新陰流の腕は、相当な域に達していると伝えられている。

何よりも、三十三歳という烈々たる若さだ。

この徳川光友と、まるでそよ風が吹き過ぎるが如く淡々と接していた宗重に、見守る番士たちが衝撃を受けたのも無理はない。

「このまま奥の方へ参ります」

北浦大介は御書院門（中雀門）という門の前まで来ると、それを右に見て宗重を促しつつ通り過ぎた。駕籠を下りた尾張大納言が徒歩で御書院門の中へ消えるところであった。御書院（ごしょいん）門はつまり本丸御殿玄関に達する最終門であって、御三家と言えども此の場で駕籠を下りねばならない。殿中へは脇侍や陸尺など供の者は入れないため、本丸御殿玄関の辺りで主人（あるじ）の帰りを待つこととなる。

宗重は北浦大介の後に従いながら、本丸御殿から幾分北へ離れつつあることに気付いた。

北浦大介の足が止まった。

「上様は、あの富士見櫓（ふじみやぐら）の中に在（おわ）しまする」

そう言って彼が右手五本の指を揃えて指し向けた高台に、三層の櫓が建っていた。

「判り申した。しかし見たところ、再建の工事がまだ終っておらぬようだな」

「はい。上様お気に入りの櫓が焼失したもので御坐いますことから、念には念を入れた工事となっております。来年には（一六五九年には）綺麗に完成致しましょう」

三層の櫓のまわりには、足場が組まれていて、外壁の白漆喰塗りが、これからという所であった。しかし、職人たちの姿は、一人も見当たらない。

「恐れながら、お刀を預からせて戴きまする」

「うむ」

宗重が大小刀を腰帯から抜き取ろうとすると、「脇差は、お付け下さりませ」と北浦大介がちょっと制した。

しかし宗重は黙って大小刀を、彼に手渡し、丸腰で富士見櫓へ向かった。いかなる身分であろうと殿中へ刀、とくに大刀を腰に帯びたまま立ち入ることは許されていない。殿中へ赴く主人の刀は、刀番が預かるのだが、この役侍も家格によって待機する場所が厳然と決められていた。たとえば御三家の刀番は、なんと将軍謁見の間そばの大広間溜で待機できるため、役侍の格は低くはなかった。

伊達家、島津家などの有力大名の刀番は、御殿玄関を入ったところの遠侍次の間に詰める。そして、その他の刀番は玄関の外でいつ迄も突っ立って待つのだった。雨が降っても、雪が降っても、玄関内へは入れない。禁を破って入れば、切腹ものだ。殿中の主人に大刀を手渡そうとした、などと疑われれば、役侍の切腹だけでは済まなくなる。

宗重は、富士見櫓の中へ入った。ちょうど窓から朝陽が差し込んでいて、ひと目で見回せる内部は思いのほか明るかった。

が、将軍の姿は見当たらない。

と、「宗重か」と、上の階で声があった。聞き覚えのある、声であった。

宗重は「はい。ただいま参りました」と、階段の下まで行き見上げた。

「上がってこぬか。結構な見晴らしであるぞ」

「それでは……」

宗重は階段を上がった。

若き将軍徳川家綱十七歳は三層の櫓の、二階南側の窓に向いて立っていた。

そばに小姓ではない護衛の侍らしい偉丈夫二人が控えていて、宗重と目が合うと黙って一礼して階段を下りていった。

「ようやく登城してくれたのう宗重」と、将軍家綱が笑みで宗重を迎える。

「このような身なりでの登城を、お許し下さりませ」

「なあに、普段着で登城させよ、と予が柳生に伝えたのじゃ。自由奔放を良しとする宗重に、登城の作法をあれこれ押しつければ、また逃げ口上や逃げ事情が頭を持ち上げぬとも限らぬからのう。ははは……」

「これは手厳しいお言葉……」と、宗重も苦笑した。

「許せ。それより手傷の方はどうじゃ。柳生から聞いて心配しておったぞ」

「御蔭様にて落ち着きまして御坐ります」

「そち程の者が手傷を負うた事情を、柳生は打ち明けてはくれなんだ。したがって予も訊かぬことにするが、くれぐれも大事にしてくれい」

「有難う御坐りまする。ご心配をお掛け致し申し訳ありませぬ」

「それにしても、よくぞ登城してくれた。その身なりでは、百人番所の猛者どもに〝待った〟をかけられたであろうな」

「仰せの通りで御坐いました」

「はははっ。予はな、百人番所の猛者どもに、宗重の人となりを覚えておいて貰(もら)いたかったのじゃ。それで柳生に、普段着で登城させよ、と命じたという訳よ」

「左様で御坐いましたか。確かにこの宗重、諸門の番士にしっかりと姿、顔を覚えられたことで御坐りましょう」

「予の狙いが当たったな」

「まことに……」

「この富士見櫓からの見晴らしは、どうじゃ宗重。江戸の町も海も富士も見渡せる。北桔橋(きたはねばし)御門口に在(あ)った外層五重、穴蔵一層の壮麗なる大天守は火事で焼けてしもうたが、この櫓は天守の代わりになろう」

「天守の再建は、如何がなっておりまするか」

「進んでおらぬ。というよりは、天守などこの太平の世に必要ないのでは、と予は考えておる。莫大な費用を天守の再建に投じるよりは、江戸の町再建に投じる等もっと有効に使いたいのじゃ。幕閣の一部には、せめて天守台（土台の石垣）だけでも後世に伝えるために再建したい、という声があるので、加賀前田(かがまえだ)藩の普請方を動かせてはいるが」

「御書院門からこの富士見櫓までは、余りにも簡単に参ることが出来ましたが、もう少し紆余曲折を増やされた方が、宜しくは御坐いませぬか」

「今は職人達が忙しく往き来し易いよう、随所に仮の出入口を設けてあるが、富士見櫓が完成すれば仮の出入口は塀で塞がれ、警備の厳しい御書院門を通らぬ限り此処へ参ることは出来ぬようになる」

「左様で御坐いましたか。安堵いたしました。それに致しましても、再建の最中である筈のこの櫓に、職人の姿が一人も見当たりませぬが」

「予が来たので、遠慮して近くで一休みしておるのじゃ」

「大火のあと江戸には素姓よろしからぬ人間が多数雪崩込んで、治安がすこぶる悪化致しておりまする。一度崩れた治安は容易には回復致しませぬどころか、国の成り立ちをも破壊致しかねませぬ。この富士見櫓の再建に携わる職人達の素姓素顔、普請方でしっかり調べたので御坐りましょうな」

宗重は、紅玉屋平六の顔を思い出しながら言った。

「調べてくれた、と予は信じておるが」

「たった一度の見逃し、たった一度の油断、たった一度の判断誤り、が取り返しのつかぬ結果を招いてしまうことを、国の頂点に立つ者として、どうかお忘れなきよう」

「うん。肝に銘じておこう。ところで宗重、いつかも申したように若年寄支配の書院番士として予のそばに仕えてくれい。これは命令じゃ、などとは申さぬ。将軍としての頼みじゃ、受けてくれぬか」

「勿体（もったい）なき御言葉。なれど上様、大番と並んで幕府職制の柱でもある書院番には今も優れたる人材が大勢……」

「いや、宗重。優れたる人材と言えども、色々な形があるものじゃ。全てが、予の理想とする形に嵌（は）まる人材とは限らぬ。むしろ嵌まることの方が少ない」

「優れたる真（まこと）の人材とは、そういうもので御坐りましょう。いつもいつも上様が理想とされまするこ とにハイハイと追従する人材では、上様ご自身が政治（まつりごと）に於いて重大な失敗に直面する恐れが御坐いまする。自分と違った意見、自分と正反対な人格の者から、数々の有益なものを得られるよう努力なされませ」

「努力してはいる積もりじゃ。その上で、宗重に書院番士としての勤めを頼んでおる。そちも知っていようが、書院番は十組あって、つまり十人の組頭がいる。この組頭の内の一人から高齢を理由として引退伺いが出されておってな、年内一杯を勤めさせた上で、引退を認めてやろうと思うておる。宗重にはその役目を、つまり書院番組頭の役を是非とも引き継いで貰いたいのじゃ」

「書院番組頭と申せば、大変な重職では御坐りませぬか。私などより、書院番士の中から適任者を見つけるべきではと思いまする。それよりも、その引退を申し出ておりまする組頭の子息に、後継の適任者はおりませぬか」

「引退を申し出た組頭には一人娘がおってな。婿養子を迎え入れはしたが、これが書物奉行の下にあって、それなりに能力を発揮しており、だが、とてもではないが書院番には向かないとの評価なのじゃ。現在の書院番士の中より適任者を探すのもなかなか骨が折れると幕閣の誰もが申しておる」

「上様……」

「ん？」

「この件暫くお時間を戴けませぬか。再度申し上げまするが書院番組頭と言えば幕府の重職。軽々には結論を出させませぬ」—

「どれほど待てばよい」

「引退を申し出た組頭殿は年内一杯を御勤めあげるとのこと。ならば、その引退の一か月前に結論を出させて戴きたく……」

「随分と待たせるのう。ま、よい。そちの申すように書院番組頭は確かに重職ではある。結論を出すのは引退の一か月前、で良しと致そう。但し、断わりの返答は認めぬ。それだけは心得ておくがよい。判ったな」

宗重は、それには答えず、少し頭だけを下げた。

将軍家綱は、言葉を続けた。

「老中稲葉も柳生も申しておる。宗重ほど学問と武芸に厳しく打ち込んできた人物は、近年どこを探しても見当たらぬ、とな。武芸に優れるだけでは、予は不満なのじゃ。学問をよくし、幅広い知識教養と視野を備えた人物を、そばに置きたいと思うておる。だからな宗重。予は書院番組頭としてのそちを、本丸御殿の黒書院か白書院に間近な部屋詰とする積もりじゃ。他の書院番組頭と差別するは問題、と幕閣から異論が出たとしても、押し通したい」

「恐れながら上様、それにつきましては、私が結論を出してから話し合う、という事にして下さりませ。結論を出す前に、上様のお考えを余りにも色々と深く知り過ぎまするると、かえって私が必要以上に苦しむことになりまする」

「お、それもそうよな。あれこれと条件を出し過ぎるのは、確かによくないか」

若き将軍家綱は朝陽が差し込む窓の向こうへ視線をやると、言うことを言って安心したのかホッとした表情になった。

二人の間を、沈黙が支配した。暗くも重苦しくもない沈黙だった。

黒書院は将軍の日常生活の場の一つであり、〝表向きの格式〟を持っている。また白書院は、最高の格式を誇った〝将軍対面の殿舎大広間〟、に次ぐ部屋とされていた。その黒書院か白書院の間近な部屋に宗重が勤務する（詰める）ということは、他の書院番組頭とは明らかに別格であることを意味している。

この時代の武士階級の身分・格式は、実に厳しく明快なものだった。先ず大名・旗本・御家人の区別が存在し、大名は将軍家に〝血〟が近いか遠いかによって、一門、譜代、外様と分けられた。次に領地石高の大小、そして江戸城内で日常的に詰める場（殿席）、さらには国持・城主・城主格・無城などによっても格差が手厳しく存在した。

だが譜代大名にとっては、これらの身分格差よりも、重視したいものがあった。それが、幕府内でいかなる〝職〟に就くかということであり、朝廷からいかなる〝官位〟が頂戴できるか、ということであった。官位には厳然たる基準があって幕府の職がこれに原則として対応させられていたからである。

たとえば、官位の「少将」には大老、「侍従」には老中及び京都所司代、「四品（しほん）」（従四位下）には大坂城代と側用人、「諸大夫（しょだいぶ）」には若年寄・寺社奉行・奏者番・大坂定番、といった具合であった。以上は、将軍直轄の職だ。

有力旗本が就く職とされている書院番は、伝統のある組織で、慶長十年（一六〇五年）に創設当初は、本丸御殿白書院の紅葉（もみじ）の間に勤番した。書院番の名称は、ここからきている。創設当初は四組であったが、寛永十年（一六三三年）には十組で編成され、各組とも書院番頭一名、書院番組頭一名、書院番士五十名、与力十騎、同心二十名が置かれた。

いま番士以上は、本丸御殿虎の間を中心に詰めている。幕府職制の中にあって大番（総員六百数十名）に次ぐ、第二位の大組織（総員五百十余名）である。

官位は、司令の立場にある書院番頭が若年寄や寺社奉行と同列の「諸大夫」、部隊指揮の職にある書院番組頭が「布衣(ほい)」であった。その下の書院番士は、御目見(おめみえ)以上に遇されている。

「のう宗重よ……」

将軍家綱が沈黙を破り、宗重は「はい」と笑みで応じた。なごやかな、二人の間であった。

「無理にとは言わぬが、これより殿中を少し歩いてみぬか」

「後日に着衣を整えてから、ということにして下さりませ。このままでは、私よりも上様のお立場を悪く致しまする」

「なあに、構わぬ。予が、そのままでよし、と認めておるのじゃ。あ、待てよ。確か今日は口うるさいのが一人、急な用で月番老中と打合せのため登城する、と聞いておるぞ」

「上様の苦手な御人で御坐りまするか」

「う、うむ。少し苦手じゃな」と、将軍家綱は腕組をし、宗重は相好(そうごう)をくずして目を細めた。

「もしや、尾張大納言様では御坐いませぬか」

「お、どうして判るのじゃ宗重」

「此処へ参ります途中、中之御門の前で大納言様とお会い致しました」

「なに。出会うたと申すか。すると、着衣について、あれこれと文句を言われたであろう。切腹せい、などとは言わなかったか」

「あ、いや。ごく普通に挨拶言葉を交わしただけで御坐いまする」

「え。その身なりについて、大納言は何一つ注意をせなんだと言うのか」

「登城を急いでおられたからでは、御坐いますまいか」

「おかしな事があるものじゃ。あの大納言が、城中で着流し侍に気付いていながら何事も言わなんだとは、余程に虫の居所がよかったのであろうのう」

「それよりも上様、火事で焼失した大天守の跡を見せて下さりませぬか。誠に恐れ入りまするが殿中を避けて、ご案内戴けますれば、この身なりの私、助かりまする」

「そうよな。では松の廊下、竹の廊下に沿った外庭などを、気楽にぶらぶらと歩きながら天守跡へ向かってみるか」

「上様にかような御願いを致し、申し訳御坐いませぬ」

「なんの。宗重とは、そういう間でいたいのじゃ。気を使わぬ間でな」

「有難くも、勿体ないお言葉」

「では髪を整える。少し待て」

将軍家綱はそう言うなり、着物の袖に手を入れて取り出したものを、頭にのせて、それを細く黒い髪止めで止めた。

宗重は、あきれたように目を見張った。将軍家綱は、前髪をつけて童形髪としたのである。それまでの青年らしい顔立ちが、一気に幼顔に変わってしまった。

「それは一体何事で御坐りまするか上様」

「幕閣の誰彼が、予をいつ迄も童児(わらべ)扱いする傾向があるのでな、前髪を取ってくれいと告げたところ、その儀式は来年度つまり万治二年（一六五九年）一月十一日に実施と既に決まっている、と許してくれぬのだ。それでな、自分で剃(そ)り落としてやったのじゃ」

「なんとまあ……で、いつ剃り落とされましたか」

「かれこれ、もう半年近くになるか」

「幕閣の誰彼とかは、慌てたのでは御坐りませぬか」

「慌てよったわ。諸大名、朝廷に至るまで前髪落としの儀式の日は伝えてあるのに、と申してな」

「前髪鬘は、上様が反省なされ御自分の意思で、付けておられまするのか」

「反省などしておらぬ。ただな、幕閣の誰彼が少し悄気ておるのが、気の毒になってな。城中にいる時だけは鬘を着けておるのよ」

「それで幕閣の誰彼のご反応は？」

「うむ。満足そうに目を細めて見てくれておるわ。物事に余り拘らぬ筈の老中稲葉美濃守や柳生までがな」

宗重は天井を仰ぎ、大声を立て豪快に笑った。腹の底から笑った。愉快だと思った。

「笑うな宗重。予にとって前髪の有る無しは、真剣な問題なのじゃ」

「お許し下され。ご自分の判断で前髪を剃り落とされし上様の実行力が、誠に痛快なので御坐りまする」

「なにっ。痛快と思ってくれるのか」

「思いまするとも。言葉を飾らずに申し上げれば、よくやった、と手を叩きたい気分で御坐りまする」

「そうか。宗重はそのように見てくれるか。よし、天守跡まで案内して遣わそう。付いて参れ」

「はい」

二人は富士見櫓を出た。将軍家綱十七歳の表情は、発止たるものであった。輝いていた。

二

大天守なき天守台は、焼け焦げた石垣と真新しい石垣を用いて、加賀前田藩の手により、ほぼ完成していた。

天守台の東側には大奥長局（ながつぼね）の建物が、そして南側には大奥御座（ござ）の間が、八分通り出来上がって迫っており、大勢の普請方や職人たちが忙しそうに立ち働いている。

職人たちの声高な遣り取りや槌音のなか、将軍家綱と宗重は出来るだけ目立たぬ動きを取って、天守台に上がった。真新しい石垣と石垣の間に組み込まれた煤けた石垣が、未だ焦げ臭さを放っており、昨年の大火の凄まじさを物語っていた。天守台の高さ、約十間（約十八メートル）。

その天守台の西側には広い空地があって、将軍家綱と宗重の二人は、眼下のそこに注目した。肩衣を脱いだ数十名の侍が、充分な間を空けて、横五列に並び、今まさに抜刀の構えを見せていたからである。

彼ら侍の前面には、中年の武士が一人、睨みつけるように仁王立ちとなっていた。

「月影三連打」

中年の武士が野太い声で号令を発するや、数十名の侍たちが「おうっ」と一斉に抜刀した。

朝陽を浴びた白刃が右斜めに上がり、そのまま垂直に下りて、左斜め上に跳ね、くるりと刃をひねって大上段から斬り下ろす。それを三度繰り返した侍たちが、見事に呼吸を合わせて刀を鞘に納めた。

宗重は訊ねた。

「なかなかの手練集団でありまするが、この者たちは？」

「非番の書院番士たちが、いざという場合に備えて稽古をしておるのだ。予も久し振りに見る」

「ご覧なされませ。どの侍の面構えにも、気迫が満ちておりまする」

「そうよなあ。こうして見ると頼もしいのう」

侍たちに対し、「天地斬撃の備えっ」の号令が飛び、素早く左脚を引いた番士たちが体の向きを反転させ、息を止めて居合の構えとなった。将軍家綱と宗重に左横顔を見せる構えだ。

「斬撃っ」

中年の武士が大声で命じた。

「せいやっ」

揃え気合を発した数十名の番士たちが抜刀して、目の前にいる架空の敵の胴を払い、振り返りざま背後の架空の相手を逆袈裟に倒して、刀を鞘に納めた。

数十本の鞘と鍔が殆ど同時に、バシリッと打ち鳴る。あざやかな速さであり、美しいばかりの呼吸の一致であった。

「月影から天地へ連続っ」

「おう」

数十本の白刃が宙に躍って、最初の月影の技から、天地斬撃へと連続させた。

「のう宗重よ」

「はい」

「この均整のとれた強烈で美しい技こそを、武士道と言うのであろうか」

「闘うための技は武士道の末節に属するものと、お考えなされませ」

「おう。そう言えば柳生も、そのようなことを言うておった」

「いかほど闘うための技が優れていても、心の構えが整っておらねば、その技は輝きますまい。かと申して、心の構えだけでは空威張となってしまいまする」

「空威張か……まこと、そうよなあ。難しいのう」

「武士道の奥義は、心技一体の奥深くにあり、で御坐いまする」

「宗重は、すでにそれを極めたか」

「滅相も御坐りませぬ」

「宗重……」

「はい」

「予の友となってくれい。そして、予の知らぬことを、色々と教えてくれい」

「有難くも恐れ多い御言葉で御坐りまする。何事も気楽に話し合える間柄のことを友と申すのであらば、どうか私を野に放っておいて下されませ」

「幕府の重職に就けば、予の友にはなれぬ、と申すか」

「好むと好まざるとにかかわらず、色々な制約が私を縛ることになりましょう。組織の中にあっては、その制約は必ずしも不要なものとは言い切れませぬ。それゆえに、厄介で御坐りまする」

「制約は規律でもある、と言いたいのであろうな」

「はい。組織が円滑に動くために必要な、規律であることが多う御坐りまする」

将軍家綱は沈黙に入り、眼下の番士たちの激しい訓練に、じっと見入った。

書院番士の任務は、本丸御殿玄関前諸門（中雀門や上埋門など）の警備や、将軍の出行における身辺警護、不穏武装分子の探索や情報収集のための江戸市中巡回、など色々あるが、最も重要な任務は、「諸行事・諸儀式」に於ける将軍の給仕役である。その字だけを見れば、「なんだ将軍の飲食の世話か」と軽視しかねないが、大勢が同席するなか不測の事態が突発すれば俊敏に体を張って将軍を守る、重要な役であった。そのため家格の高い書院番士の中から文武ともに最強位の剣士が選ばれ、腰に帯びた殿中脇差は通常のものより長かった。先制的な一撃を、不埒者（ふらちもの）に対し与えるためだ。

書院番士は有力旗本が就く職だけに、その禄高も低くはない。三百石余の番士が約百二十名もいて中核を占めており、組頭になると六百石から六千石の間と一気に幅が拡大する。組頭は、それほど重要な職、ということになる。

司令の位置に立つ書院番頭は、ほとんどが五千石以上の大身旗本だ。

将軍家綱と宗重の眼下で、二人で一組となった番士たちが、激しい乱打（らんうち）稽古を始めた。白刃と白刃の打ち合う音が、辺りに響き渡る。

「本刀（ほんみ）でも、刃引（はび）きした訓練用の刀で御坐いまするな」

と、宗重が訊ねると、将軍家綱は「うむ」と頷いた。

このとき背後から、「これは上様。此処に在しましたか」と声がかかった。やや早口の感じがあったが、滑らかな自信に満ちた声の調子であったことから、宗重は振り向かずに将軍から少し離れた。

「おう。雅楽頭ではないか。書院番士たちの訓練、なかなか見応えがあるのでわが友と眺めていたところだ」

「ほうほう……」と、にこやかに将軍家綱と肩を並べて眼下に目をやったのは、大手門外の下馬札前に広大な屋敷を構える、上席老中酒井雅楽頭忠清三十四歳であった。将軍家綱が「……わが友と……」という言い方をしたにもかかわらず、雅楽頭は宗重の方を一瞥すらしない。が、全く無視している、という冷淡な印象でもなかった。

宗重はと言えば、長身の姿勢を正しく伸ばして、酒井一族本家の主人の横顔を、はじめて間近に眺めた。

将軍家綱が、上席老中に訊ねた。

「雅楽（雅楽頭）は、どうして此処に？」

「はい。作事奉行の船越伊予守、八木但馬守、牧野織部正の三名を伴なって大奥殿舎の工事の進み具合を見て回っておりましたるところ、天守台に上がられまする上様の御姿を、遠目に認めたもので御坐りまするから」

「雅楽は工事の進み具合などを、見回っていてよいのか。今朝は尾張大納言が、幕閣に是非にの用があるとかで登城致しておる筈じゃ」

「あ、いや。その件ならば、稲葉美濃守が一手に引き受けてくれましたるゆえ……」

「ははは。泣く子も黙る、と言われておる雅楽も、押しの強い尾張大納言だけは苦手と見えるのう」

「とんでも御坐りませぬ。この雅楽頭忠清、おのが仕事で逃げ腰になったことなど、過去に一度としてありませぬぞ上様」

「冗談じゃ冗談じゃ、怒るな。雅楽が仕事に正しく手厳しいことは、誰もが知っておることとじゃ」

将軍家綱が、また笑った。雅楽頭も苦笑した。

そこへ、下から急ぎ足で一人の老武士が、上がってきた。白髪の目立つ、小柄な人物であった。

「おそれながら……」

この人物も、着流しの宗重には目もくれず、しかし並ぶように横に立って、将軍にではなく雅楽頭に声をかけた。少し息を切らしている。

「ん？　伊予守いかが致した」と、振り返った雅楽頭。相手は遥かに年長者ではあったが、微塵も臆するところがない。三十四歳の若さとは言え、雅楽頭は上席老中。残す登り階段は大老への、いや、上席老中と言えば、ほぼ大老職と思っても間違いのない地位であった。

彼に伊予守と言われた老武士が、将軍と目を合わせて深く腰を折ったあと、雅楽頭に告げた。

「大奥御座の間の二か所の造作について、御意見を御伺い致したきことが……」

「現場を見た方がよいのか？」

「はい。是非とも……」

「判った」

雅楽頭は将軍家綱に丁重な挨拶言葉を残すと、老武士と共に足早に天守台を下りていった。

やはり宗重の顔を、見ようともしない。

宗重は将軍との間を、静かに詰めた。

将軍が、感心したように言う。

「これは異なことじゃ。あの五月蠅型の雅楽頭が、着流しの宗重に気付かぬ筈はないのに、何一つ言わなかったのう」

「雅楽頭様とは、今日はじめて、お会い致しました」

「宗重は不思議な人間じゃ。尾張大納言も雅楽頭も、将軍である予でさえ煙たく思う人物なのに、その両名とも着流しの宗重を黙認するとは……面白い現象であるのう」

「上様が私のことを〝友〟と申されましたゆえ、規律違反を注意したくとも出来なかったのではありますまいか」

「なんの。その程度のことで、遠慮する雅楽頭ではないわ。ははは」

「雅楽頭様が、伊予守、と申されましたあの老武士は、作事奉行の船越伊予守様で御坐いまするか」

「宗重は、船越を存じおるのか」

「あ、いえ。先程、雅楽頭様の口から、作事三奉行の名が出ました中に、伊予守、但馬守、織部正の三つの官位が御坐いましたので、念のため、お訊ね申し上げました」

「うむ。あの白髪の目立つ老武士は、作事奉行の一人船越じゃ」

宗重が〝伊予守〟について確かめた慎重さには、理由があった。朝廷より賜る伊予守、美濃守、飛騨守といった官位は、決して一官位一人とは限らなかったからである。最も多いのは信濃守で、将軍家綱の時代で多少の波はあるものの十七、八名はいた。伊予守は八、九名、柳生宗冬に与えられた飛騨守でさえ十名はいた。これらの官位を与えられた人数は、若狭守、山城守、越中守など、およそ五百人に迫る。

全武士の中での五百人(うち大名六割)であるから、矢張り与えられた者にとっては大層名誉なことなのであろう。

将軍家綱が、眼下の訓練を眺めつつ言った。

「船越も年老いて余り丈夫な体ではないが、なかなか苦労人でよく働く人間でのう。皆に信頼されておるわ」

「そのような人材は、どうか大事になされませ」

「うん。そうじゃのう。老後を注意して見守ってやらねばな」

「そのお気持は、国の頂点に立つ者として百姓町人にまで向けねばなりませぬ」

「勿論じゃ。それが政治(まつりごと)というものであろう」

作事奉行の船越伊予守永景(ながかげ)（一五九七年～一六七〇年）は、徳川家康の小姓を勤め、慶長十五年（一六一〇年）に父船越左衛門尉(さえもんのじょう)景直(かげなお)の遺領を継いで六千百四十石余を給され、のち寛永十五年（一六三八年）に作事奉行に就いた。官位は「布衣」。

船越は徳川家康に小姓として仕えていたことから、家康及び秀忠（二代将軍）、家光（三代将軍）の三者に忠誠を尽くした武人小堀政一(こぼりまさかず)（一五七九年～一六四七年。茶道・茶器鑑定の大家小堀遠州その人）に可愛がられ、茶人としての豊かな才能にも恵まれていた。もし彼が家康の小姓として仕えていなければ、茶の道の大家小堀遠州の門下生とは、恐らくなっていなかったであろう。

因(ちなみ)に幕閣では、小姓組番と書院番とを併せて両番と称し、これに大番を加えて三番と言っていた。江戸の町民たちは、ともすれば、江戸城西の丸、二の丸及び大坂城、京都二条城の警護を主任務とする老中支配の大番を、「三番の中で最も格が上」と思ったりするが、これは大きな誤りで、実は若年寄支配の書院番こそが最も上位なのであった。

その書院番士たちが今、将軍家綱と宗重の眼下で、刃引きの真刀を激しく振るっていた。

「やめいっ」

号令が飛んで乱打稽古をしていた番士たちが、動きを止め、刀を鞘に納めて元の横列を整えた。

「さて上様、私はそろそろ失礼させて戴きまする」と、宗重は切り出した。

「何を申す。今日は予の昼餉(ひるげ)に付き合うてくれい」

「それはいけませぬ。上様の御昼食及び御夕食は大奥で摂(と)られまする筈。無位無官の着流しが訪れて、その規律を乱せば、また何かと五月蝿(うるさ)い問題が頭を持ち上げましょう」

「さすがによく御城の習慣を知っておるのう。だから大奥でない殿舎の外での昼餉を考えておるのじゃ。予はまだまだ話し足らぬぞ。水野事件のその後についても、色々と訊ねたい」

「上様。近い内にまた、城の外にお出(いで)なされませ。その方が、心おきなく話せまする。但し、城の外に出られまする場合は、必ず事前に私にお知らせ下さりませ。御門そばまで、お出迎え致しまするる」

「城外での予を守ってくれると申すか」

「この宗重、身命を賭しまして……」

「そうか。判った。では稲葉（老中稲葉美濃守）や柳生とも相談してみる」

「さ、では殿中まで、お送り申し上げましょう」

「なに。予が送ってつかわす。此処からだと北桔橋御門が近いな」

「なりませぬ。さ、お送り致しまする」

若き将軍は不満顔で、宗重の言葉に従った。不満顔ではあったが、内心では嬉しいのであった。何を伝えても、打てば響くが如くはっきりとした言葉が、宗重から返ってくる。賢明なる徳川家綱はそこに、人と人との会話の妙というものを、感じ取っていた。

三

宗重は将軍家綱が殿中に入ったのを見届けると、大手門から城の外に出て、そこで小さな溜息を吐き、ようやく苦笑を漏らした。

あれでは上様も息が詰まろう、と宗重は思った。城内を将軍と行動を共にしている間、宗重は姿見せぬ警護の侍たちの視線を終始、四囲に感じ取っていた。姿が見えなかったことから、たぶん忍び侍であったのだろう。

だが宗重は、「一つの安心を今回の登城で見つけた」と思っていた。上席老中である酒井雅楽頭忠清と将軍との仲である。二十九歳の若さで上席老中に就いた酒井忠清について、徳川史を学び続けてきた、また現在も学びつつある宗重が最も懸念していたことは、「忠清に執拗な権力欲が有るか無いか」ということであった。もしあれば、その権力欲は遅かれ早かれ〝独裁化する〟と宗重は思っている。酒井家は譜代の名門であり、それを過剰に意識した力みが、独裁化を促しかねない、と宗重は心配していたのであった。

けれども今日はじめて会った忠清には、そのような傲り濁りの気配は全く感じられなかった。むしろ、将軍のよき話し相手になっている、という印象だった。若くして上席老中に就いた酒井忠清には、ともすれば妬み嫉みが付いて回りやすい。ひとが大権力を握ったり、ひと並以上に幸福になったり、大金持になったり、有名になったりすると、彼等の身辺にいる権力なき者、幸福でない者、貧しい者、非凡でない者は、激しく妬み嫉み一種の病的状態に陥ったりする。幸いなことに、そういった病的な妬み嫉み集団は今のところ、この若き上席老中の周辺には見当たらないようであった。

それが徳川史を学んできた、また学んでいる宗重の読みであり、今日の登城から得た印象というよりは手ごたえだった。

宗重が駿河屋寮の方向に近い神田橋御門を渡ったとき、町家の向こう角から咲が遠慮がちに姿を見せ、会釈をした。

彼女がこちらへ動かないので、宗重は「やあ」と自分から近付いていった。そして直ぐに、七、八間はなれた木の下で忠助が深く腰を曲げたのに、気付いた。

宗重は忠助に小さな頷きを返し、咲と目を合わせた。

「思いがけない所で会うたが、これから、どちらかへ?」

「もう済みましたの。そこの知足院様へ忠助とお参りに……」

「あ、知足院へか」と、宗重は再建されて真新しい、すぐそこの知足院へ視線をやった。知足院を取り囲むかたちで、火除けのための広い空地が設けられており、なんとなく寂しい光景だった。

「店の方は、少しは落ち着いたようかな」

「奉公人に三人の犠牲者が出たものですから、父も番頭たちも、その対応に忙しく動き回っております」

そう言った咲は涙ぐみ、白い指先で目元を押さえた。

「では、店へ戻って、色々と手伝ってあげた方がよいな」

「いいえ。父は私に、今日一日は店から離れているように、と強く申しますので、忠助とこうして知足院様へお参りをし、宗重様の御母様にもお目にかかりたいもの、と考えておりました」

「伏見屋傳造殿は咲に、そのように申したか。刀を振るい、賊を倒した咲の心の内を考えたのであろうな。それでは、今日は駿河屋寮でゆっくりと気持を休めなさい」

「お宜しいのですか」

「母は、きっと大喜びするだろう。遠慮は無用だ」

「有難うございます。では、忠助には店へ戻って貰いますので」

咲は振り返ると、忠助に頷いてみせた。忠助が宗重と視線を合わせ、「よろしく御頼み申し上げます」と言わんばかりに、また深く深く腰を折った。まるで登城した宗重が、帰路この神田橋御門を渡るのを予想して待っていたような、腰の曲げ方であった。

宗重の登城については、咲はむろんのこと彼から告げられて知っている。

二人は肩を並べて歩き出し、それを見送る老爺の忠助は目を細めていた。可愛い孫娘を見送る祖父の心境、にでもあるのだろうか。

宗重と咲は一つ目の辻を左へ折れ、知足院の真裏に出たところで右に曲がった。

「それにしても、思いがけない災難が伏見屋を見舞ったものだな、咲」

「昨年の大火を除けば、これまで災難というものを知らずに、順調に大きくなって参りました伏見屋です。父は気丈ですけれど、気立ての優しい継母は奉公人が三人も殺害されて寝込んでしまいました」

「ならば、母者のそばに付いていた方がよいのではないのか」

「でも、母までが今日一日は店から離れているように、と強く申しますので」

「そうか……」

「押し入った賊たちの狙いは、お金蔵の金箱だったので御坐いましょうか」

「咲から見て、伏見屋傳造殿は、他人から恨みを買うようなところがあるのか」

「いいえ、絶対にない、と信じております」

「ならば連中の狙いは、矢張りお金蔵の金箱であった筈だ」

「おそろしいことです……他人の財産を暴力で奪おうとするなど」

「咲は、よく頑張った。娘に小野派一刀流を習わせた父親の、役に立ったな」

「真剣を構えました時は、気持悪いほど落ち着いている自分を、感じておりました。でも宗重様のお声を耳に致しました途端、体に激しい震えがきまして……」

咲は顔を赤くして俯くと、宗重の声を耳にして安堵した時の自分を思い出したのか、彼に寄り添うようにした。

香り立つように、美しい咲であった。界隈の男たちから「ああ……」と焦がれ恋した眼差しで、見つめられている咲である。その美貌の咲の心中に今、熱き感情のうねりが起き始めていた。決定的にそれを促したのは、凶賊に対する宗重の圧倒的な剣技である。そして「咲、私の刀法をよく見ておくがよい。実戦の刀法をな」と言った、宗重の言葉の大きさ、重さであった。

咲の右手が、そっと宗重の着流しの袖を摑んだ。いや、摑んだというよりは触れた、と言い直すべきほど遠慮がちだった。

だから宗重は、気付いていなかった。

再建済んで真新しい小禄旗本の小屋敷が立ち並ぶ通りを、二人が突き当たって左へ折れたとき、最初の異変が生じた。

少し先の辻を右手から左手へ、つまり御城の方角に向かって、明らかに町奉行所の同心と覚しき二人が、数人の小者を従えて走り過ぎたのだ。只事でない走り方だった。

咲の右手が、宗重の袖から離れて、心配そうな表情をつくった。

「また何か起きたのでしょうか」

「うむ。普通でない走り方だったな」

そのまま宗重と咲は、北西の方角へ緩く曲がっていく小旗本屋敷の通りを進み、次第に水道橋へと近付いていった。

二度目の異変が生じたのは、大外濠川の向こうに水戸中納言邸の御成御門が二人に見えた時である。今度は三人の町奉行所同心らしいのが十名近い小者を従え、川沿いを駿河屋寮とは逆の方角へ、走っていったのだ。これも、全力疾走、と言っていい走り方であった。遠過ぎて一人一人の表情までは判らなかったが、その走り方は、どう見ても只事とは思えない。

「間違いない。何事かが起きたな咲」

「そうとしか思えない走り方でした」

「御用聞きが牛込御門の近くで殺されたばかりだ。どうも嫌な予感がする」

「え……御用聞きがで御坐いますか」

「うむ。江戸橋辻番脇の栄吉と、その下っ引と聞いたが」

「栄吉親分さんが……」

大きな衝撃を受けて、咲が立ち止まった。

「ん？　咲はその栄吉親分とかを知っておるのか」

「は、はい。お見回りの途中など、時おり店に立ち寄って、気さくに話していかれますので」

「そうであったか」

宗重は大工の玄三から聞かされた時のことを咲に打ち明けたが、彼自身それについて深く知っている訳ではなかった。なにしろ殺害現場へ駈けつける途中の玄三から、手短かに聞かされただけである。しかも、その後の状況については、まだ玄三から聞かされていない。

宗重にとっても高伊同心と玄三にとっても、その後は緊迫事態が連続していたから。

「人の善い、いい親分さんでしたのに」

「その栄吉親分には、家族はいるのか」

「はい。おかみさんが……」

「子供は？」

咲は悲し気に首を横に振った。

「女房一人を残して、仕事に殉じてしまったのか。酷(むご)いことだな」

「犯人はきっと、宗重様にお届け致しましたあの摺物(すりもの)、を配っていた男に相違ありません」

「それは、どういうことだ？」

宗重は、咲を促して歩き出した。

「私がその摺物配りの男に出会うたのは、柳生様のお屋敷からの帰りで御坐いますけれど、栄吉親分さんも、ちょうど其の場に来合わせ、突然逃げ出したその男を追いかける事態になりました」

「そのような事があったとは、知らなかった。あの掏物の内容なら、当然のこと男は逃げ出すであろうな。栄吉がその男を追ったとなると、殺害犯はそやつかも知れぬ」

「はい。このこと、もっと早くに、宗重様にお話しすべきで御坐いました。申し訳ありません。おわび致します」

「いいのだ。それよりも咲。伏見屋を襲った凶賊どもは、いずれも覆面をしていたが、姿かたちが掏物配りの男に似ている奴は、その中にいなかったか」

「さあ……私の剣の腕では、とてもそこまで見分ける冷静さは……」

「奉行所のお白州に引き出された賊徒の顔を、一人一人見ていけば判るかな？」

「はい。それはもう」

「では、そのことを高伊同心にでも言うてみようか。伏見屋へは向こう二、三日、町役人が現場調べで出たり入ったりするだろうから、役人の誰かを掴まえて咲の口から直接言うてもよいぞ」

「いいえ。このことは宗重様にお任せ致しとう存じます」

「そうか。では考えておこう」

咲は宗重に寄り添い、右手をまた着流しの袖にそっと触れた。

大外濠川の向こうに、駿河屋寮が見えてきた。

「宗重様」

「なんだ」

「今日の御登城のこと、少しお訊き致しても宜しいでしょうか」

「構わぬが、話せることと話せぬことがある」

「それは心得ている積もりで御坐います」

「何が訊きたいのだ」

「いま身につけておられます家紋入りの着物は、大変に上等なものとは解りますけれど、明らかに普段着で御坐いましょう。御登城の仕来たりに反するのではありませんか」

「その通り反する。だから厳しいお咎(とが)めを受けた」

「まあ……」

「ははは っ。冗談だ許せ。この着物はな、大手門を一歩入った控え所で、着替えたのだ。心配いたすな」

咲も微笑んだ。

宗重は、将軍の特別な配慮があったことは、口にはしなかった。人によっては規律も曲げられる、という噂が御府内に広まってはまずい、という判断が働いていた。もちろん、咲が良識に欠けた口の軽い女などとは、微塵も思ってはいない。あくまで、念の為の慎重な判断であった。念の為は、武士道や政治（まつりごと）には不可欠なもの、と恩師観是慈圓から教えられてきた宗重である。

咲が、澄んだ綺麗な声でまた訊ねた。

「上様とは、どのような御人なのですか」

「聡明（そうめい）で優しい御方だ。文武にも、ことのほか熱心であられる」

「下々の間には、ややもすればお力の弱い部分が目立つこともある、との噂がひそやかに流れたことも御坐いました。私は、悪い噂であればあるほど、距離を置いて疑うように致しておりますけれど」

「咲のそういった姿勢は、人間の心のありようとして美しいのう。まこと情報には、そういった接し方が何よりも大事。さすが文武に勤(いそ)しむ伏見小町だ。姿かたちも心も輝いておるわ。母がそなたを気に入るのも、無理はないな」

「母上様は私を、お気に召して下さっているのですか」

咲は、宗重との会話が楽しくて仕方がない、という風であった。けれども常に自分を控え目にさせることを忘れず、時に見せる美しい笑みだけがそれを物語っていた。とは言え、その表情は、栄吉親分と下っ引の不幸を思ってか、曇ったりもした。

人の幸と不幸、その間(はざま)で気持を揺らせつつ、咲は駿河屋寮へ招かれていった。

四

「伏見屋へ帰る時は私が送っていくので、決して一人では駿河屋寮から離れぬように」

母に預けた咲に、そう念を押して宗重は再び駿河屋寮を後にした。途中で見かけた町役人たちの只事でない様子が、気になっていた。

彼は急ぎ下谷広小路の高伊同心と玄三の住居を訪ねたが、当然の如く二人とも出払っていた。まだ日は高く勤め時間の最中であり、しかも町役人たちに只事でない様子が起こっているのだ。

宗重は、下谷広小路から下谷御成街道に入り、真っ直ぐ南へ急いだ。下谷御成街道が尽きるところに大外濠川（神田川）が流れており、筋違御門橋が架かっている。

その橋を渡って、南町奉行所へ向かう積もりだった。

が、まもなく下谷御成街道が尽きようとする辺り、神田の町家筋まで来た時、またしても十数人の捕方たちが、宗重のすぐ目の前の辻を左から右へと駈け抜けた。今度は一人一人の只ならぬ形相が、彼にはっきりと見てとれた。必死の形相、と言っていい顔つきだった。

もう重大事が勃発したことは、間違いなかった。御用聞き斬殺事件と伏見屋事件が生じた直後の、異様な事態である。

（一体何があったのだ……）

宗重は不安を膨らませつつ、健脚を武器として、呉服橋御門に近い南町奉行所の近くまで辿り着いた。

しかし宗重は、「はて？」と足を止めた。あと五日ほどで月番交替を迎え職務を北町奉行所へ引き継ぐことになっている筈の南町奉行所には、これといった緊迫感は見られなかった。同心詰所と牢屋同心詰所のほぼ中間に位置して、国持大名と同等の格式を誇る立派な表門があり、立番二人が立っていたが、彼等の表情は平静だった。それどころか、短い会話を交わして、互いに笑みを見せたりしている。

宗重は物陰に立って暫く、様子を見ていた。その間に幾人かの同心与力が表門から出ていったが、彼等の表情も穏やかだったり、談笑し合ったりであった。

（おかしい……）と、宗重は思った。目の前の南町奉行所の静けさ、役人たちの穏やかさが、これまで見てきた只事でない気配と、余りにも不自然な差があり過ぎるのだ。

町奉行所の歴史は、まだ浅い。

町方支配専任官僚として組織されたのは、慶長九年（一六〇四年）のことで、僅かに五十四年前のことだ。更にこれの機能が、地方管轄官僚である郡代とか代官の機能と明確に分化されたのは、寛永八年（一六三一年）のことである。

この町奉行所が南・北二つあるのは、管轄区域を二つに分けている訳ではなく、月番で職務を交替するためだ。月番の奉行所は表門を開け、非番の奉行所は表門を閉じるが、非番とは言っても内部に於いて未決の訴訟事務などは継続されている。

宗重は、物陰から奉行所の様子を、見続けた。

すると向こうから、七、八人の捕方たちが引き揚げてきた。先頭に同心三人が立ち、のんびりとした足取りだった。あとに続く小者たちも、見たところ屈託がない。

その連中が何事もなかったかのように、南町奉行所の中へ消えると、続いて同じ方角から、十二、三人の捕方たちが現われた。これも、わざとらしいほど何事もなかったかの態だ。

そのなかに高伊同心と玄三の姿を認めた宗重は、物陰から出ていこうとした。

背後に人の気配を捉えて足の動きを抑えたのは、その瞬間だった。べつに不穏な気配ではなかったから、宗重は身構えることもなく振り返った。

四、五間離れた其処に、思いがけない人物が立っていて、軽く一礼したあと「出向いてはなりませぬ」と言わんばかりに、小さく首を横に振った。

尾張藩剣術師範、柳生厳包であった。

宗重はさすがに驚いて、「あ、これは……」と礼を返しつつ、大剣客柳生厳包に近付いた。

「意外なところで、お目にかかりました厳包様」

「宗重様。いま南町奉行所に近付き過ぎるのは、お止しなされませ」

「え？」

柳生厳包の予期せぬ言葉に、宗重の表情が硬くなった。

「どういう事で御坐いましょうか」

「今朝五ツ半過ぎ（午前九時過ぎ）南町奉行神尾元勝様が御登城のため奉行所役宅を出られたあと、吟味方与力が詮議所お白州へ紅玉屋平六なる凶賊を留置場より召し出して、詮議を始めようとしたところ、その平六なる凶賊、与力一名と同心一名、それに留置場番の小者一名を斬殺して逃亡いたしました」

「な、なんと……」

「殺害されたる与力の名は秋元重信、同心は戸部芳郎、小者は……」

「秋元殿が……」

小者の名を聞く前に、宗重は眦を吊り上げて呻いていた。伏見屋事件で、捕方を率いて駈けつけてくれた与力である。凶賊たちを「香取神道流皆伝揃いの、我ら南町奉行所与力同心に立ち向かってくるか」と威嚇した、あの与力だ。

「なんてことだ。よりによって……」

宗重は、肩を落として下唇を噛んだ。

「宗重様は秋元与力を御存知で御坐いましたか」

「はい。格別に親しいという間柄ではありませんでしたが」

宗重は、伏見屋事件でのことを、打ち明けた。厳包はすでに伏見屋事件の情報を把握していたと見え、さほどの驚きも表さずに「そうでしたか。秋元与力が伏見屋へ駈けつけたのですか」と眉をひそめ頷いた。

「それにしても厳包様は、紅玉屋平六の逃亡を、どうして御知りなのです？」

「わが殿より、宗重様の動きを遠くからそっと支援するように、との指示を受けまして、文武練達の藩士二十名余を私が選び、周到な情報収集網を四方へ張り巡らせておりました」

「そこへ、紅玉屋平六逃亡の情報が飛び込んできた、ということで御坐いますか」

「ええ。で、急ぎ宗重様に御報らせ致すべく、私が駿河屋寮へ駈けつけましたるところ、屋敷から御出になりました宗重様の後ろ姿が目に止まり、こうして此処まで同道させて戴きました。途中で御声をお掛け致さなかったのは、何者に見られているか判らぬために用心致しましてのこと。なにとぞ無作法お許しくだされ」

「そうでありましたか。さすが厳包様。私は全く気付きませなんだ。ところで御登城なされた南町奉行神尾元勝様は？」

「わが藩士からの報告によれば、事態を知らされ既に奉行所へ御戻りになっておられるとのこと。目下、捕方たちが血眼（ちまなこ）となって逃亡した凶賊の行方を追っている模様です」

「とは申せ、これは南町奉行所の大失態……」

「おっしゃる通りで御坐いまする。吟味責任の立場にあった与力は、同僚の制止も聞かずに切腹して果てたらしく、このままでは御奉行まで切腹に追い込まれる恐れが出て参りましょう」

「確かに……」

「なんとしても、それだけは避けようとしてか、奉行所内では役人達が不自然なほど平静を装っている、と藩士から報告を受けております」

「はい。私も自分の目で、町奉行所役人たちのその不自然な装いは確認致しました」

「それゆえ、この逃亡騒ぎに関し、外に在る我々はうっかり動けませぬ。外に在る我々が動けば動くほど、逃亡事件は目立ったものとなって神尾元勝様をかえって追い詰めることとなりまする」

「いかさま……」

「なれど神尾様は十数年の長きに亘って奉行の職に就いてこられたる苦労人。救うてあげて下されませ宗重様。尾張藩士の我々は遠くから宗重様を御支援申し上げることしか出来ませぬが、野に在る宗重様なら、我々尾張藩士よりは自由に動けましょう」

「とは言え、目立たぬよう動くことが、絶対の条件となりまする」

「はい。神尾様を追い詰めぬためには……」

「なかなかに難しいことですが、動いてみましょう。紅玉屋平六は私が摑まえた凶賊ですから。しかも月番交替までに解決させねばなりませぬ」

「宗重様……」

「は？」

「接し方に難しい面がありまする、あの我が殿が、これほど宗重様のお人柄に信頼を寄せられるとは、正直のところ私も予想致してはおりませなんだ。どうぞ、これからも遠慮なく我が藩上屋敷へお出かけくだされ」

「有難う御坐いまする。それから厳包様。慶安四年七月に生じたる幕府転覆事件を処理致しておりました我が父が、過激浪士に襲われ厳包様に救われましたること、最近になって知りました。この宗重、心より厚く御礼申し上げまする」

宗重は、深く腰を折った。

「あ、いや。私は当然のことを致したまでのこと。それよりも宗重様、わが上屋敷へ見えられましたる時、一度殿の御前にて柳生新陰流と念流とで打ち合うてはみませぬか」

「喜んで。是非とも御願い致しまする」

「おう。ご承知下さいまするか。武芸熱心なるわが殿もきっと、お喜びになられましょう。それでは、私はこれで失礼致しまする」

にっこりと微笑んで、宗重に背中を向けた若き大剣客柳生厳包であった。

その後ろ姿が、白い土塀の向こうに折れて見えなくなるまで、宗重は見送った。

念流の剣聖観是慈圓に「もう教えることが無い」と言わせた宗重。

宗重の父酒井忠勝を救った際、過激浪士に対し凄絶な剣技を迸しらせた尾張柳生の厳包。ともに文武を重んじ、「剣は心、心は剣」を心得ている二人であった。

その業は、はたして宗重に分があるのか、それとも厳包が勝っているのか。

宗重は厳包が消えた方角とは逆、呉服橋を渡って外濠沿いに南へ足を向けた。

紅玉屋平六は一体何処へ逃亡したというのか、と考えながら彼は足を急がせた。

柳生屋敷を訪ねる積もりであった。

紅玉屋平六の素顔は何者なのか、宗重はまだ知らない。それを突き止めるのは町奉行所の仕事であると思っていたし、その素顔次第では目付筋も動くだろうと思っていた。御公儀が職務で正式に動き出せば、自分は出過ぎぬ方がよい、と心得ている宗重であった。しかし、捕縛した犯人が逃亡したとなれば、話は別だ。しかも逃亡犯は与力同心、小者を殺害している。捨ててはおけない。

宗重は、柳生屋敷の門をくぐった。

奥座敷へ通されると、柳生飛驒守宗冬が澄んだ表情で、ゆったりと座っていた。

「小父上、突然にお訪ね致しましたる無作法、お許しください」

「遠慮は無用じゃ宗重殿。そろそろ顔を出す頃であろうと思うておった」

「え……」

「書院番組頭に就けとの上様の御要請に対し、即答を避けたようじゃの」

「なんと。小父上の耳には、もう届いていたので御坐いまするか」

「ははは、っ。届かないで、何とする」

「恐れ入ります」

「改めて申す迄もないが若年寄支配の書院番と言えば、大番、新番、小姓組など旗本で編成された将軍直属軍の中では、中心的な存在であり最強の騎馬武者じゃ」

「はい。承知致しておりまする」

「その書院番の組頭と言えば、就きたくとも容易には就けぬ地位。判断に誤りなきよう、上様に御返答申し上げるようになされよ」

「承りました」と、宗重は頭を下げた。

「今日訪ねて参ったのは、南町奉行所から伏見屋事件の凶賊が逃亡した件についてであろう」

「小父上は、その件についても、はや御存知で御坐いましたか」

「それが柳生じゃ。南町奉行に、そっと手を貸してやれい宗重殿。今のままでは南町奉行は追い詰められ、腹を切ることになりかねぬわ」

「逃亡した賊徒の名は紅玉屋平六。与力同心、小者を斬殺しての逃亡ゆえ絶対に許せませぬ。こやつ、私が捕縛したと言ってよい賊徒でありまするだけに、なおさら」

「尾張柳生も、宗重殿に手を貸そうとしているようじゃの。気持よく手伝って貰うがよかろう。柳生厳包は心配のない人柄じゃ」

何もかも見抜いている江戸柳生の〝目〟に、宗重は改めて凄みというものを覚えた。

「そこで小父上に御願いがあって、かように参上いたしました」

「広い江戸、馬が無くては逃げた賊徒を素早く探せまい。遠慮は要らぬ。厩から疾風という名の黒馬を連れていくがよい。かなり気が荒く人間を見下すところのある馬だが、脚は強健じゃ」

またしても宗重は心中を見透かされて、返すべき言葉を失った。

飛驒守宗冬は、言葉を続けた。

「それからな宗重殿。女中の余根の頑張りの御蔭で、福の気持が、かなり落ち着いてきたので今日辺り、会うていかれよ。福もきっと喜ぶぞ」

「そうですか。福の気持が落ち着いて参りましたか……よかった」

宗重の顔が、明るくなった。折りに触れて、福のことが気になっていた宗重であった。

「是非にも会わせて下さりませ小父上。今どちらの御部屋に？」

「案内させよう。ところで傷の具合はどうじゃ」

「伏見屋事件で激しく打ち合ったものですから、少し疼いておりまするが」

「内出血はしておらぬか」

「はい」

「若いから治りは早い。だが、無理をするでないぞ」

「有難うございまする。それでは福に会い、疾風(はやて)を預かって帰りまする。御府内を馬で駈け回りまするること、なにとぞ小父上より関係筋に……」

「何を申すか宗重殿。そなたは上様より、最強騎馬隊の組頭に就くよう求められた人材ではないか。誰に遠慮はいらぬ。自身の判断で疾風に乗られよ。但し、余り目立っては、かえって南町奉行を追い詰めることになりかねないぞ」

「その点は、充分に注意を払いまする」

「往来の町人子供が、馬の脚に引っかけられないよう、注意することも大事じゃ」

「仰せの通りで御坐いまする」

「うむ」

飛驒守宗冬は頷くと、「誰か」と手を叩いた。

間近で「はい」と若い女の返事があって、障子が静かに開いた。

「宗重殿をな、余根(よね)の部屋に案内してあげなさい」

「承知いたしました」

宗重は飛騨守に丁重に挨拶言葉を残して奥座敷を辞し、若い女中の後に従った。

紅(べに)と鬢付(びんつけ)の香りが、微かに前から漂ってくる。

長い廊下を三度折れたところ、中庭に面した部屋の前で女中の足がとまった。

「この御部屋で御坐います」

「左様か。そなたは、もうよい。有難う」

「それでは御免下さりませ」

女中は、うやうやしく腰を折って、退がっていった。

「余根。宗重だ。入らせて貰うぞ」

返事は無かったが、宗重は障子を開けた。

八畳の間が、二間続いている座敷であった。余根と福は座敷には見当たらず、奥の八畳間の向こうは枯山水の庭になっていて、そこで二人は、しゃがんで何やら笑い合っていた。なるほど福の笑顔が明るい、と宗重は頷いた。見違えるようであった。

宗重は、奥の八畳間の縁側に立ち、こちらに背中を向けている余根に声をかけた。

「福が元気になったな余根」

「まあ、若様……」

振り向いた余根は、久し振りに会った宗重にサッと頰を紅潮させて喜んだ。福の手を引き、いそいそと縁側に近付いてくる。

「少し背丈が伸びたのう福や」

宗重は縁側から両手を伸ばし、それに摑まった福を、相好をくずして抱き上げた。すると、福が宗重の首に、しがみ付いた。みるみる両の目に、大粒の涙が湧きあがっていた。あの時と同じであった。この子の母親が事切れる直前に現場に立ち会った宗重の首に、この子は必死にしがみ付いて震えた。

「よしよし……よしよし」

宗重は福の背を、さすってやった。余根が着物の袂（たもと）で目頭を押さえる。

三歳になるかならぬかの幼い体は、あの時の宗重の出現を、片時も忘れることがなかったのであろうか。事切れる直前の母親が苦しい息の下、宗重に「おお、菩薩さま……」と口走ったそれは、そのまま福の幼い感情でもあったのだろうか。福は、自分の頰を宗重の頰に擦り付けて、震え続けた。何もかも、あの時と同じであった。ただ、今の震えは、恐怖から来ているものではなかった。明らかにそれは、「会いたい」と思っていた人に会えた、幼い喜びの震えに違いなかった。大きな安堵の震えに違いなかった。

　やや経って、福は落ち着いた。

　宗重は小さな体を縁側に下ろし、自分は胡座を組んで立ったままの福に目の高さを近付けると、幾度も幾度も福の頭を撫でてやった。

「この家の御飯は美味しいか福」

　福は黙って頷いた。かわいい表情が少し緩んだ。

「たくさん食べているかな」

「はい」

　今度は声を出して、頷いた。「うん」ではなく「はい」であったことから、どうやら余根が少しずつ無理させぬ程度で、言葉遣いも教えているのであろう。

「そうか、いい子だ。たくさん食べて、大きくなるのだぞ」

福が頷くのを待って、余根が言った。

「柳生の御殿様が、どれほど御忙しくとも一日に一度は、お福に声をかけてくださいます。時には抱き上げて、御庭を散策してくださる事も御坐います」

「うむ……」

「ちょっと目には怖い感じの柳生衆のかたがたも、目を細めてお福を可愛がってくださいますし、お女中たちもそれはそれは優しくて……」

「亡くなったこの子の母親が、菩薩となって見守ってくれているのであろう。余根、これからも福を頼むぞ」

「どうか御心配ありませぬよう」

宗重は、もう一度福を抱いて立ち上がった。そのまま福にゆっくりとした言葉で話しかけながら、彼は玄関へ向かった。余根が宗重のあとに従いながら、嬉しくてたまらぬ様子であった。

宗重は、玄関で「次に来た時は、饅頭(まんじゅう)を食べに連れてってやるぞ」と福の耳元に告げ、福が微笑んで頷くのを待ってから、その小さな体を余根に預けた。

第十一章

一

日が沈んで、江戸に月明りが降り注いだ。この月明りを好んで頼りにし、地方から来た江戸詰の侍や町人たちが、どっと盛り場へ繰り出す夜であった。月明りの無い江戸は、闇の中の闇となって物騒な町と化す。

宗重は上野忍岡の居酒屋〝忍ぶ酒〟の前で、黒毛の疾風から下り立った。

途中で伏見屋へ立ち寄って、「咲は駿河屋寮で確かに預かっている」と忠助に告げて安心させてある。町方が店に入ったり出たりしていたので、伏見屋傳造には会わなかった。

〝忍ぶ酒〟の脇の、大火を免れた桜の大樹に手綱を括り付けた宗重は、黒毛の疾風の鼻筋を優しく撫でながら、「少し待っていてくれ」と話しかけた。

判る筈もない人間の言葉に、疾風がブルルッと鼻を鳴らした。全身これ黒い筋肉といったこの脚長く背丈ある大型馬は、月明りが無ければその存在を見逃すところだ。

鞍には柳生家の家紋が入っている。

宗重が、忍ぶ酒の暖簾を潜ると、人いきれが顔を打った。打った、と言うほど、大盛況の広い店内だった。侍もいる町人もいる人相のよくない博徒らしいのもいる。それに今夜は、女客も目立って一段と嬌声が渦巻いていた。

店内を見回した宗重の視線が、奥の左隅を捉えて止まった。

そこで夜鷹の権次とその配下らしい五、六人が、声高に笑いながら酒を飲んでいる。

宗重は尚も店内を見回した。

すると、権次たちの席から少し手前で、坊主頭の貝原篤信が同じ世代の五、六人と酒を飲み飲み何やら激しく言い争っていた。いや、言い争いというよりは、議論でもしている様子であった。

　宗重は店内に紅玉屋平六の顔がないことを確かめてから、視線を権次へ戻した。

　権次がこちらを見て、二人の視線が出会った。

　宗重が小さく頷いて見せると、権次は勢いよく立ち上がり、誰彼の背中に己れの腰をぶっつけながら遣って来た。「痛えな、この野郎」と腰を上げかけた遊人風もいたが、相手が権次だと判ると首を竦めた。

「これは若様。思いがけない所で……」

「権次。また力を借りたい」

　宗重が声を低くすると、「へい」と権次も囁き声となった。酒で赤くなった目を大きく見開いて輝かせ、店の柱に取り付けられた燭台の明りが、その瞳に映っていた。宗重に呼びつけられたことが、たまらなく嬉しいようであった。

　権次を店の外に連れ出して、宗重は言った。

「お前は口は固いか権次」

「よく喋る口で御坐いやすが、若様とお約束致したことなら、地獄の閻魔様に口を裂かれたって言いやせん」

「その言葉、信じるぞ。いいな」

「信じて下さいやし若様。こんな品のない極道者で御坐んすが」

「よし。これから話す事は口外してはならぬぞ。伏見屋事件で捕えた賊徒だがな権次」

「へい……」

「その内の首領格で、紅玉屋平六なる男が町方三人を斬殺して南町奉行所から逃亡した」

「な、なんですって」

権次は、辛うじて声を抑えたものの、仰天した。無理もない。伏見屋事件では権次とその手下の功績は大きいのだ。したがって〝当事者意識〟も強い。

「ま、まさか若様、そいつに斬られたってえ町方は」

「安心しろ。高伊同心や玄三ではない」

「そうですかい。よかったあ。でも若様、悪い予感が致しやす。お差し支えなければ斬殺された御役人の名前を教えて下さいやし。あっしは、こんな人間なもんで、高伊の旦那や玄三親分の他にも、御世話になった与力同心の旦那方がおりますもので」

「いいだろう」

宗重は、斬殺された町方三人の名前を、権次に告げた。

権次が「く、くそっ……」と、肩を落とした。悪い予感が、当たっていた。

「同心の戸部の旦那には、幾度となく温かなお叱りの言葉を掛けて戴きやしたことが……」

「そうであったか」

「若様。奉行所から逃亡したそいつを探し出す御仕事、この権次に少しでも手伝わせて下さいやし」

「その積もりで話したのだ。お前は、紅玉屋平六の素顔を、まだ知るまいの」

「へい。伏見屋で捕縛された賊徒どもは、覆面のまま奉行所へ引っ立てられて行きやしたから、その内のどいつが平六なのかは……」

「お前は南伝馬町にある小間物屋で、紅玉屋というのを知らぬか」

「紅玉屋……あっ、すると若様、紅玉屋平六ってえのは……」

「その小間物屋の主人だ」

「な、なんてえ野郎だ。小間物屋の主人に化けていやがったのか」

「知っているのか、紅玉屋を」

「あっしは訪ねたことがありやせんが、手下の中に女に貢ぐのが趣味みたいな野郎が何人かいまして、その連中から紅玉屋の名はしばしば聞いておりやす。左様でしたか。紅玉屋平六というのは、あの紅玉屋でしたか」

「玄三からは、何も聞かされていなかったのか」

「いえ。南伝馬町に、ちょいと怪しい店があるので、そのうち調べを手伝って貰うかも知れねえぞ、という程度のことは聞かされておりやしたが」

「紅玉屋平六は役者絵から抜け出たような、女形のような男前だ。声は澄んでいて少し甲高いが嫌味のある甲高さではない」

「それだけ聞かせて下さいやしたら、手配りするには、もう充分で御坐います。江戸広しと言えども、役者絵から抜け出た女形のような男前、なんてえのは何人もいねえでしょうから」

「酒を楽しんでいるところ申し訳ないが、直ぐにも動いてくれぬか」

「承知いたしやした」

「女形（おやま）のような紅玉屋平六だが、剣の腕は相当なもの、と私は見ている。奉行所の留置場から引き出された者が、アッという間に与力同心を斬り倒すことなど、生半（なまなか）な腕で出来ることではない。充分に用心してくれ」

「平六は両手を縛られてはいなかった、ので御坐んしょか」

「両手を縛られた状態で、相手の腰物を奪う剣法は、あるにはある」

「おっそろしゅう御坐いますね。ともかく、あっしは今から手配り致しやす」

「頼むぞ」

夜鷹の権次はいったん店の中へ引き返すと、直ぐに手下の者と凄（すご）い形相で店を飛び出し月夜の向こうへ消え去った。

宗重は、再び忍ぶ酒に入った。すると、それを待っていたかのように三味線（十六世紀中国より伝来、日本式に改良）が鳴り出した。正面、中ほどの席に三人の若い女太夫（鳥追）らしいのがいて、この三人が弾（ひ）き出したのだ。客たちが一斉に「おっ」という顔つきになった。早い調子の軽快で力強い響きの音曲であった。宗重も暖簾を潜った位置で足を止め、「へえ……」という表情をつくった。彼が、はじめて耳にする音曲であり波長（リズム）だった。

それがたちまち、酔っ払いたちの肩を揺らし始めた。

誰かが箸で、カカン、カンと徳利を打ち、「よいしょっ」と調子を取ると、それが一気に酒酔いたちの間に広がった。

それこそ店が踊り出さんばかりの、情熱的な三味線の響きであった。三人の弾き手の呼吸が見事に合っている。そして、酒酔いたちのカカン、カン「よいしょっ」、カカン、カン「よいしょっ」であった。手拍子も鳴り出した。老いも若きも、熱気を炸裂させた。侍も町人も男も女もなかった。酒場ひとかたまりの青春だった。

やがて三味線が鎮まり、怒濤のような拍手が身分低き三人娘に送られた。宗重も手を叩きながら、坊主頭の貝原篤信に近付いていった。

貝原が気付いた。

「よう、誰かと思えば同期の宗さんじゃないか」と、腰を浮かす。

「久し振りだな、篤さんよ」と、宗重も笑いながら気軽に相手に合わせた。

貝原篤信は、宗重が元大老酒井忠勝の子であるなど、知るよしもなかった。

一方の宗重もまた、目の前の坊主頭の貝原篤信が、のち医学漢学にも長けた大儒学者として知られるようになる貝原益軒（一六三〇年〜一七一四年）その人であろうとは知るよしもない。

齢ともに二十八歳。まさしく同期の間柄だった。

「どうぞ。俺達はもう引き揚げますので」

貝原篤信と議論していた若者たちが、宗重に座を勧めて酒臭い賑わいの中を立ち去った。

宗重と貝原は向き合った。前回、この店で玄三を交じえ三人でしたたか飲み、意気投合していた宗重と貝原だった。

「今夜も飲もうじゃないか宗さん」

そう言って店の女に徳利を振ってみせた貝原に、「すまないが今夜は駄目なんだ」と宗重は告げた。

貝原が「え……」と、怪訝な顔つきで徳利を下げる。

「今夜は大事な用があって飲めないのだ。申し訳ない」

「なのに忍ぶ酒へ顔を出したのかえ」

「うん。店の前を通りかかったものでな」

「そうか。じゃあ日を改めよう。とは言っても、余り遅いと今度は私の都合がつかなくなるが」

「どういう意味だね」

「実は私、近いうちに京都へ行くことになってね」

「それはまた……」と宗重は驚いた。脳裏に一瞬だが、妹のように可愛がっている幕府御用達刀剣商相州屋の末娘芳の顔が浮かんで消えた。

「素浪人とは言え宗さんも多分知っていると思うが、京都と言えば儒学研究の本場だ」

「山崎闇斎（やまざきあんさい）、松永尺五（まつながせきご）、木下順庵（きのしたじゅんあん）といった錚々（そうそう）たる先生方がおられるが……」

「そうだ。詳しいねえ。その京都で本格的に儒学の勉強をすることになったんだ。藩が費用を出してくれると言うので」

「篤さんは、どう眺めても侍にも僧侶にも見えないが、何処かの藩士だったんだな……」

「大藩の福岡藩に明暦二年（一六五六年）から、六人扶持で召し抱えられている。とは言っても、福岡藩にはじめて召し抱えられたのは慶安元年（一六四八年）十八歳の時でね、御納戸御召料方として四人扶持だった……」

「そうだったのか。慶安元年の頃と言えば、藩主は黒田忠之様だったなあ」

と、宗重の表情が曇って、貝原も目を伏せ気味に頷いた。

福岡藩主黒田忠之は余りにも出来の悪い人物で、滅私忠信の侍として知られた家老栗山大膳から「大藩の藩主の器にあらず。幕府に対し謀叛の意図あり」と、当時の老中酒井忠勝、総目付竹中采女正らに訴えられ、いわゆる〝黒田騒動〟の中心人物として幕府から厳しく監察された不良藩主だった。

「黒田騒動（一六三二年〜一六三三年）は知ってるよな宗さん」

低い声で貝原に訊かれ、宗重は「知っている」と言葉短く答えた。知るも知らぬもない。父酒井忠勝は、その騒動の監察を指揮した当時の老中の一人なのだ。他に土井大炊頭利勝（下総古河十六万石藩主。一五七三年〜一六四四年）、井伊直孝（少将。彦根藩の祖。一五九〇年〜一六五九年）らがいた。

「十八歳で黒田忠之様に仕え、色々と苦労を背負ったのではないのかな篤さん」

「私の仕事ぶりは全く殿様に評価して貰えなかった。で、慶安三年（一六五〇年）に〝お前など要らぬ〟と職を追われてね。あとは、お定まりの貧しい浪人生活が続いたという訳だ」

「が、明暦二年になって、再び召し抱えられたってえ事か。今の藩主は確か黒田光之（みつゆき）様だったな」

「宗さんは素浪人の癖に、よく知っているんだなあ。この黒田光之様が、非常によく出来た御人でね。視野の広い立派な殿様なのだ。で、学費は藩で面倒見てやるから京都で儒学を勉強してウンと賢くなってこい、てえ事になった」

「よかったではないか。貝原篤信の人間の奥深くを、殿様はしっかりと見抜いてくれたんだ」

「この話が出たのは、一年ほど前のことで、私はすでに昨年に一度京都へ下検分に訪れ、安楽小路（あんらくこうじ）上町辺りに貸家も見つけてある」

「篤さんが江戸へ来たのはいつ？」

「二十五歳の時だよ。私の父が江戸の黒田藩邸に百五十石で詰めていたので、それを頼ってね」

「そういう事か。まんざら大貧乏な家庭の子でもなかったんだ」

「いや。慶安三年に職を追われてからの、私の生活は貧しかったな。父は、自分の生活は自分でやれ、という主義の人であったし、私の上には兄が三人もいたからね。四男坊など忘れ去られていたよ。だから福岡での浪人生活は食うや食わずの悲惨なものだった」

「となると〝こいつは物になる〟と見抜いて召し抱えてくれた黒田光之様には、足を向けて寝られないな」

「そういうこと。本当に、いい殿様なんだ」

二人はお互い侍言葉など忘れ、竹馬の友といった気楽な感じで心を温め合った。

貝原篤信が、しみじみと宗重の顔を見つめながら言った。

「それにしても宗さんは一体何者なんだい。相州屋のお芳さんと親しいらしいけれども、彼女は〝身なりの良い貧乏浪人よ〟としか教えてくれない。本当に素浪人なのかね」

「正真正銘の貧乏浪人だよ」

答えて笑った宗重であったが、すぐ真顔になった。

「その相州屋の娘芳のことなんだが、篤さんとはどういう仲なのかな」

「仲って……気の合う話し相手、とでもいう間柄だけど、それが何か？」

「私は男女の仲ってことに詳しくはないが、彼女もその程度でしか篤さんを見ていないのかえ」

「そうだと思うけれど……」

「もし篤さんのことを彼女が特別な目で眺めているとすれば、京都で勉強してきます左様なら、などと簡単に済ませる訳にはいかないぞ」

「おいおい宗さん、よしてくれよ」

「いや、真面目な話だ。そのへんのところを、きちんと判断できるのは篤さん自身の他にはいない、ってことだ。ひとつ、芳が悲しむことがないよう、充分に話を尽くしてから江戸を離れて貰いたいな」

「宗さんは、お芳さんから私に対する特別な感情について、何か打ち明けられているのかい」

「あの娘(こ)は、しっかり者だ。明るく天真爛漫(てんしんらんまん)だが、用心深くて口は軽くない。それだけに男の篤さんが、判断をよく練り上げて応対しなければならない、ということなんだ」

「判った。その通りだな。京都へ行くことについては一両日中にでも、お芳さんに話すことにしよう。何の目的で勉強するかなど、じっくりと彼女に話して聞かせ、また彼女の話もよく聞くことにするよ」

「それがいい。彼女は物事について広く考えることの出来る娘だ。京都へ行く篤さんを困らせるようなことには、恐らくならないだろう」

「有難う宗さん。私が京都で勉強を始めたら、宗さんも是非訪ねて来て欲しいね」

「うん。訪ねよう、必ずな」

　宗重は立ち上がった。

「私はこのあと大事な用があるので、今夜はこれで失礼させて貰うよ。篤さんが京都へ行くまでの間にこの店で盛大に酒を酌み交わそうじゃないか。送別の会だ。前回に一緒だった玄三を加え、それに芳も呼んでやってな」

「ああ。楽しみにしているよ」

「それじゃあ……」

　宗重は貝原篤信に背を向け、賑わいの中を出口の方へ歩いていった。

　彼は登城に着ていった家紋入りの着流しを、まだ着替えていない。

その着流しの胸に刺繍されていた家紋に、貝原篤信はむろん気付いていた。気付いてはいたが、それを話題にはしなかった。どう見ても素浪人には見えない、宗重の立場を考えての、貝原の配慮であった。しかし下級藩士の貝原は、その家紋が元大老酒井讃岐守忠勝家のものであるとは、流石に知らなかった。知っておれば「よう宗さん……」などと気楽な調子では、とても話せなかったであろう。

二

忍ぶ酒を出た宗重は黒毛の疾風に乗り、駿河屋寮へ一旦引き返した。だが屋敷内へは入らず、どっしりと落ち着いている疾風に体を預け、静まりかえった界隈をゆっくりと見て回った。

紅玉屋平六が、駿河屋寮に仕返しの手を伸ばさない、という保証はない。何しろ平六は、一度は宗重と玄三を尾行しているのだ。その尾行の目的が何であったのか、「奉行所で厳しく問い質しますんで」と、玄三は言っていた。その平六が逃亡したのであるから、油断できなかった。

宗重があたりを見回って駿河屋寮の前まで戻って来ると、物陰から現われた人影が一礼したあと、月明りの中を近付いてきた。

宗重には、柳生衆だと判った。

その柳生衆が小声で言った。

「疾風の乗り心地は如何がで御坐いまするか宗重様」

「小父上から気性の荒い馬だと聞いておるが、なんのなんの、なかなか素直な馬だ。私の言うことを、誠によく理解してくれるわ」と、宗重も声低く答えた。

「それは宜しゅう御坐いました。宗重様は疾風に気に入られたので御坐りましょう。実はこの馬の調教は、私が致したので御坐いまする」

「お、そうであったのか」

「駿河屋寮は柳生の手練数名で、堅固に護っております る。逃亡中の紅玉屋平六には指一本触れさせませぬ故、どうかご安堵下さりませ」

「すまぬな。ひとつ、くれぐれも頼み申す」

「はっ」

宗重は、軽く疾風の腹を打って、その場を離れた。

駿河屋寮を警護する柳生衆は、宗重に黒毛の疾風が貸し与えられたこと、紅玉屋平六が南町奉行所から逃亡したこと、などについて既に知っていた。そこに柳生家の情報伝達の速さ、というものを改めて感じる宗重であった。

情報の伝達・掌握に優れる者は天下をも制する、とさえ宗重は思っている。

宗重は次に、日本橋の伏見屋、相州屋、駿河屋及びその周辺を見て回った。

凶賊の襲撃を受けた伏見屋の店前及び勝手口には御用提灯が立てられ、奉行所の張り番が幾人も立っており、まだ緊張感が続いていた。

相州屋、駿河屋とその近隣の店々は、固く表を閉ざして息を潜めているかのようであった。伏見屋が襲われたことは、たちまちのうち口から口へと界隈に伝え広がっているのであろう。

宗重は、紅玉屋平六が再び日本橋界隈へ現われることはあるまい、と読んだ。その裏をかいて、「もう一度……」という事も考え難い、とも思った。とくに今夜は、皓々たる月明りである。賊徒にとっては、最も出歩き難い嫌な夜だ。しかも町方が目の色を変えて、其処此処を走り回っている。

このような状況下で紅玉屋平六が、隠れたり襲ったりする場所があるとすれば何処か、と宗重は疾風の背上で考えた。

念のために、と紅玉屋へ疾風を向けて勝手口から庭内に入ってもみたが、矢張り人の気配は皆無であった。

宗重は再び馬上の人となって、行く先を疾風に任せ、考え続けた。

（御三家紀州藩の侍が加わっていた賊徒の真の目的は、一体何であったのか。反幕活動に要する資金獲得を目的とする賊徒であったのか、それとも反幕軍学者由比正雪との関係を、一貫して否定し続けた紀州家に対する反発集団（いやがらせ）であったのか……）

そう思いを巡らす宗重は、勾留中の賊徒たちは南町奉行所の厳しい取り調べに対しても死刑を覚悟して恐らく口を割るまい、と予想した。

（とすれば、町役人を殺してまで奉行所から逃亡した紅玉屋平六の目的は？……）

宗重の胸は騒いだ。彼が最も恐れているのは、やぶれかぶれとなった紅玉屋平六が、ようやく大火からの復興なった江戸に、再び火を放つことであった。放火は、重罪中の重罪である。

奉行所脱走の際、与力同心、小者を斬殺している平六は、極刑を免れない。となると、逃亡中に〝思い切ったこと〟を為出来す危険がある。

「何をやる気だ、紅玉屋平六……」

宗重は、ぽつりと呟いて、疾風の腹を蹴った。

疾風は外濠に沿って暫く走ったあと、大外濠川に出て溜池方面へ矢のように疾走した。素晴らしい速さであった。と同時に、不思議な馬であった。全力疾走に入ると、ほとんど蹄の音がしないのだ。どのようにして地面を蹴っているのか、微かな音しかしない。

はじめて疾風を全力疾走させた宗重は、「こいつは凄い」と思った。

盛り場が賑わう月明りの降り注ぐ夜とは言っても、旗本屋敷が立ち並ぶ通りは人影一つ見当たらない。そこを黒毛の疾風は、まるで一条の黒い光と化して走った。

満月を映す広大な溜池を右に見つつ駆け抜け、赤坂御門と四谷御門の中間あたりまで来て、宗重は疾風の手綱を絞った。

急制動を掛けられた黒毛の肉体が、前脚を天空に上げほとんど垂直となって、ブルルルッと鼻を鳴らす。

「よしよし……」

宗重の左手が素早く疾風の首筋を、撫で叩いた。

目の前で、紀州大納言邸（現、赤坂御用地）が静まり返っていた。

宗重は左の手綱を軽く引いて、疾風を紀州大納言邸と松平左京大夫の屋敷に挟まれた通り（鮫ヶ橋坂）へ乗り入れた。

「静かに……静かにな」

宗重は黒毛の首筋をさすって、頼んだ。

それが通じたのかどうか、馬は大納言邸の塀に沿って、穏やかに進んだ。

宗重は油断なく、辺りに注意を払った。しかし、大納言邸の周囲を二度回っても、不穏な気配は感じ取れなかった。万が一、紅玉屋平六が大納言邸に侵入して紀州公に危害を加えようと謀っても、この大邸宅には藩公の剣術師範田宮流抜刀術の三代目宗家田宮平兵衛長家とその弟子多数が控えている。たとえ邸内に侵入できたとしても、容易には藩公に近付けない筈であった。

(此処ではないか……)と、宗重は思った。紅玉屋平六が強固な反幕思想の持主であるとすれば、紀州公に危害を加える事より、もっと過激な行動を取るような気がしてならなかった。

(何をやろうとして奉行所から脱走したのだ平六……)

宗重は見えぬ相手に、言葉なく語りかけた。宗重が最も恐れているのは、幕府へのみせしめとして、平六が町民に対し無差別にキバを剝(む)きはしないか、ということであった。とくに、女子供が狙われたなら、大変なこととなる。

宗重は大外濠川の畔(ほとり)に出て、少しの間、馬上から辺りの様子を窺(うかが)っていたが、やがて四谷御門、市ヶ谷御門の方角に向け、大外濠川沿いに黒毛を走らせた。

彼は、すっかり疾風が気に入っていた。人間を見下す気性の荒い性格どころか、大変な賢馬であった。自分の腹部をどの程度の強さで蹴られたかによって、走る速さを物の見事に加減していた。さすが兵法の柳生で調教された馬である。

市ヶ谷御門を過ぎて牛込御門に差しかかった時、宗重は大外濠川の向こうから一艘(そう)の猪牙船(ちょきぶね)がやって来るのを認めた。しかも尋常の漕(こ)ぎ方ではなかった。懸命に漕いでいる、という感じであった。

宗重は、堀の畔で疾風を止め、月下を次第に近付いてくる猪牙船を見守った。船首に、男一人が立って、辺りを見回している。

宗重が「あれは……」と思った時、船首の男もこちらへ顔を向け、宗重と判ったのか大きく左右に手を振った。その手の振り方も、普通ではなかった。

宗重は馬から下りて、濠脇の柳に手綱を括り付けると、綺麗に雑草が刈られた土堤を下りて川端に立った。

大外濠川岸にこすり付けるようにして止めた猪牙船から、夜鷹の権次が飛び下り、あたふたと宗重に駈け寄った。

「濠川を猪牙船で往き来してりゃあ、きっと出会えると信じておりやした若様」

「何か判ったのか」

「へい。あっしの一の子分に〝昼寝の猿又（さるまた）〟ってえ馬鹿野郎がいるんで御坐んすが、こいつが夜鷹仕事の最中に、猪牙船を身なりの立派な侍に乗っ取られやして」

「なんと、猪牙船をな」

「ま、乗っ取られたとは申しましても、昼寝の猿又の手に一両を握らせてのやんわりとした乗っ取りで御坐んして、刀で脅したという訳では」

「して、その侍の人相は？」

「それが、役者絵から抜け出たような、女形っぽい男前で、澄んだ甲高い声だったとか」

「そいつだ権次。紅玉屋平六だ」

「へい。で、あっしは直ちに若様に伝えなければと、手下を四方へ走らせ、堀川の要所要所へも猪牙船を漕ぎ出させまして……」

「よくやった権次。その昼寝の猿又とかは、どの辺りで猪牙船を奪われたのだ」

「日本橋川に架かる日本橋と一石橋のちょうど中間あたり、と当人は申しておりやすが」

「奪われた猪牙船は日本橋川を、どちらの方角へ向かったのだ。海側へか、それとも一石橋を潜ったか……」

「それが若様。一石橋を潜って外濠へ入るや、直ぐに右へ折れたそうで……」

東西に流れている日本橋川は、東へ向かっては海へ注ぎ、西へ向かっては一石橋を潜ったところで外濠（いわゆる内外濠）と十字交差している。そのまま真っ直ぐに進めば銭瓶橋の下を抜け道三川岸に沿って、内濠の石垣外側に突き当たる。つまり、そのまま内濠へは船で入れないようになっている。しかもこの界隈は、大手御門（譜代十万石以上の通用門）及び和田倉御門（譜代二万〜三万石の通用門）が間近なため、昼夜の別なく格別に厳しい警備の目がある。

「よく報らせてくれたな権次。この礼は必ずするぞ」

「御礼など滅相もないことで」

宗重は夜鷹の権次と別れて馬上の人となると、外濠（内外濠）に沿って在る各御門を脳裏に思い浮かべながら、牛込御門に入った。三千石から一万石迄の旗本の通用門である大外濠川の牛込御門は、三千石の旗本の家臣に警備が任されているものの、出入りは全く厳しくなかった。ましてや凛々しい黒毛の大馬に乗った宗重に、旗本の家臣が「待たれよ」と声を掛けるには、相当の勇気が要る。龕灯提灯の明りが、もし鞍に刷り込まれた柳生家の家紋を照らし出せば、詫びの言葉一つ述べるにも厄介となる。

牛込御門を抜けた黒毛は、月下の旗本屋敷の通りを、内外濠目指して走った。

宗重が脳裏に思い浮かべた内外濠各御門の中で、懸念している所が一つあった。

身なりの立派な侍に〝一両で奪われた猪牙船〟が、一石橋を潜って内外濠を右へ折れたとすれば、その船は何処へ行くと考えられるか？

その内外濠川に架かっている御門橋は、常盤橋御門（外様三万石以上の通用門）、神田橋御門（外様四万石以上の通用門）、一ツ橋御門（譜代二万石以上の通用門）、雉子橋御門（旗本五千石以上の通用門）などで、内濠の石垣外側（つまり内外濠側）で行き止まりとなるのは最奥部に位置する雉子橋御門のところであった。宗重が懸念している場所というのは、旗本の通用門となっている、その雉子橋御門である。紅玉屋平六に違いないと見られる男は一体どこで手に入れたのか、立派な身なりの武士に化けている。立派な身なりを装っているとすれば、猪牙船で常盤橋、神田橋、一ツ橋の下を潜り、最奥部の雉子橋まで漕ぎ進んで、その御門から堂々と城内へ入ることが予想された。

だが雉子橋御門を通過することに成功したとしても、江戸城へ入るには更に潜らねばならぬ御門がある。雉子橋御門に最も近い次の御門と言えば竹橋御門で、これは譜代一万石以上の通用門となっている。次に近いのは平川御門だが、これは譜代五万石以上の通用門であるから、警備の人揃えはそれなりに厚い。

（紅玉屋平六は江戸城へ侵入し、火を放つ積もりでは……）と、宗重は不安を膨らませた。このような場合、最も有効な防禦の策は、城中大騒ぎさせ平六の動きを止めてしまうことであるが、そうなれば南町奉行神尾元勝の切腹及び領地・家屋敷取り上げは、現実の問題となってくる。神尾元勝が穏やかなる人格者と聞いているだけに何としても、それだけは避けたい宗重であった。

疾風が雉子橋御門の直前まで突進し、そこで後ろ脚だけで高々と仁王立ちとなり、荒々しくいないないた。

門衛たちが、驚いて月明りの下に出揃った。

宗重は疾風の首筋を強く撫でて、まだ奮い立っている全身の黒い筋肉を鎮めてやると、馬上からゆっくりと下りた。

「警備ご苦労で御坐る」

「こ、これは恐れ入ります る」

鞍に刷り込まれている家紋を、柳生家のそれと判ったらしい中年の門衛が、着流しの宗重に丁重に頭を下げた。

宗重は紅玉屋平六の容姿なりを中年の門衛に話して、御門を通ったかどうか訊ねてみた。平六の素姓は勿論告げず、口調は、さり気なさを装った。

すると、大胆にも平六は「寺社奉行松平出雲守勝隆様の家臣柴澤平六」と名乗り、「竹橋御門内でお待ちの殿へ火急の御報告事が」と告げて、半刻ほど前に御門を通り過ぎたと判った。

松平出雲守勝隆は譜代の一万五百石であり、なるほど「竹橋御門内でお待ちの……」という言葉に不自然さはない。このような月夜の時刻に？　という疑念も、「火急の御報告事が……」という理由づけが打ち消している。殿中で遅くまで会合が行なわれることは、格別に珍しいことではないからだ。

また、竹橋御門内で待機中の松平勝隆の家臣として、それに近い雉子橋御門を急ぎ通ることも、理にかなっている。

（何もかも平六の計算ずくだ……）と、宗重は思った。

彼は、「その柴澤平六に三つ四つ急ぎ訊ねたきことあり……」と御門を潜り、再び馬上の人となった。

先ず疾風を御門そばの濠岸に立たせてみた。
三、四十間はなれた向こう岸に石組の階段があって、その階段下の杭に猪牙船が一艘つながれていた。どうやら紅玉屋平六は、その階段から岸へ上がり、雉子橋御門の真正面から、それこそ譜代一万五百石の上級家臣を装い堂々と入っていったのだろう。

(平六なる男、只者でない)、と宗重は馬首をめぐらせた。

黒毛は内濠に沿うかたちで、大手御門を目指し走った。外濠(内外濠)と内濠の間には、広大な大名屋敷が立ち並ぶばかりで道幅広く、全力疾走する黒毛の障害になるものは、何もなかった。

たちまちの内、大手御門の前に着いて、宗重は馬上からヒラリと飛び降りた。すぐ目の前に、下馬札があった。

月下の大手御門橋を、警備の侍たちが押っ取り刀で駈け渡って来た。

「これは宗重様……」

一度登城した宗重の顔と名を、しっかりと記憶していたと見え、先頭に立つ中年の侍が宗重より数歩手前で威儀を正した。

「百人番所伊賀組組頭、中野与市郎殿に火急の用あり。恐縮ながら此の場までお呼び戴けますまいか」

「ならば宗重様。どうぞ御門をお入り下されませ」

「宜しいか」

「はい。それから、その黒毛の鞍に刷り込まれたる御家紋は確か柳生家の御家紋。ならば三の御門まで、黒毛ともどもお進みなされませ」

「その御判断、あとになって御貴殿に迷惑が及びは致しませぬか」

「なんの宗重様。それなりの御方様の火急の場合、この程度の判断は私に任されておりまする」

「有難い。では御免」

宗重は黒毛に跨ると、大手御門から三の御門に至る迄を、一気に駈け抜けた。

三の御門内、百人番所に中野与市郎はいて、宗重の突然の出現にかなり驚いた。

「この月夜に一体どうなされました宗重様」

「今の段階では詳しくは話せませぬが、この江戸城に、よからぬ腹黒鼠が一匹、侵入した気配があります」

宗重が声を低くすると、

「な、なんと言われます。この三の御門界隈に、で御坐いまするか」

「いや。恐らくは御城の北側、雉子橋御門を経て竹橋御門辺りからではないかと……」

宗重は、怪しい人物の特徴及び大騒ぎとなり過ぎては拙い理由なども、それとなく中野与市郎に打ち明けた。むろん、この人物は信頼できる、という確信があったからである。

「お話すべて承知いたしました。では宗重様に城中を知り尽くしている北浦大介を付けまするゆえ、兎にも角にも御懸念ある場所までお進み下されませ。御殿正面玄関に間近なこの界隈は、書院番士と百人番士の目が光っておりまするから、一匹の鼠と言えども見逃しは致しませぬ。ただ御城の北側に当たる諸門につきましては、我ら番士も日頃より不安に思っておりましたる所」

「北浦大介殿を付けて下さるとは有難い。では暫くこの黒毛をお預かり下され」

「おお。鞍に刷られているこの御家紋は柳生様の……判りました。大事にお預かり致しまする」

伊賀組組頭中野与市郎はそう言うと、振り向いて番舎の方へ軽く手を上げた。

侍が一人、月明りの中を走って来た。北浦大介であった。

三

宗重と北浦大介は、ほとんど再建が終っている大奥〝四の側長局〟と天守台との間に立って、間近に位置している北桔橋御門を眺めた。

北浦大介が言う。

「その女形っぽい男前が竹橋を経てこの辺りへ侵入するとすれば、あの北桔橋御門を通過せねばなりませぬ。しかし、あの御門には鹿島新當流の同門、矢間部文治朗という武辺者が当番で詰めておりまして、怪しい者を容易く通過させる奴では御坐いませせぬ」

「ほう。北浦殿は鹿島新當流を、おやりでしたか」

「はい。ともかく私、矢間部に訊いて参りましょう」

「うむ。お願い申す。但し、さり気なく」

「心得ておりまする」

宗重は、月下を北桔橋門の方へ駈けていく北浦大介の後ろ姿を、見送った。

宗重の不安は、先程までとは変わっていた。もしや江戸城に火を放つのでは、という不安は、将軍暗殺の不安に変わっていた。命をかけた破れかぶれ、であれば平六は最大の凶事を狙う筈である。

だとすれば、(こいつぁ大騒ぎをして平六を追い詰めるしかないか)と思う宗重であった。苦境に立つ南町奉行を支援する目的で、手控えた動きを取っている内に、取り返しのつかない事態が生じる恐れもある。宗重は、さすがに迷った。

北浦大介が駈け戻ってきた。

「北桔橋御門を、怪しい奴が通過した形跡は、全く御坐いませぬ」

「左様か。だとすれば……」

「宗重様。たとえば、そ奴が忍び技に長けた奴だと致しますると……」

「警備が格別に厳しい北桔橋御門は避け、堀を……」

「はい。それで御坐いまする。堀を泳ぎ渡り、苦もなく石垣を攀じ登ったやもしれませぬ」

「竹橋御門を通過したそ奴が、人目に付かずそれが実行できる所と言えば?」

「たぶん……こちらで御坐いまする」

走り出した北浦大介のあとに、宗重も続いた。

二人が吸い込まれたのは、北桔橋御門の直ぐ裏手西側の堀端に建つ乾二重櫓、その乾二重櫓が月明りを遮ってつくる濃い影の中であった。

「宗重様。ご覧くださりませ」

北浦大介が、櫓の下隅から何かを抓み上げた。

びしょ濡れの忍び装束と、鹿皮か牛皮でつくられた小さくない袋であった。

滴したたり落ちる忍び装束の色は、月明りが遮られた暗がりの中でも黒と判った。

「やはり此処へ泳ぎ渡ったか」

「この皮袋に恐らく着替えを詰めて泳ぎ渡ったものと思われまする」

「そうに違いあるまい。奴は上級武士の身なりをしていたと聞いている」

「いかがなされまするか」

「此処は大奥御殿の間近。万が一、きちんとした身なりのまま大奥御殿に侵入されたなら大変なこととなる」

「平静を装って口先うまく御女中小者を躱せば、長い廊下を右に折れ左に曲がって、上様の御面前に迫ることも不可能ではありませぬ」

「なんとしても、それだけは防がねば」

「此処から大奥御殿に侵入を謀るとなれば、大奥御座の間の庭園を選ぶかも知れませぬ。すでに三百本以上の成木の植樹を済ませて鬱蒼たる林をかたち作っており、その林伝いに本丸御殿に達することは、全く困難ではありませぬ」

「此処からその大奥御座の間へは？」

「ご案内致します」

と踵を返した北浦大介の左肩を、宗重の右手が素早く摑んだ。

「いた……あれだ」

「え？」

「正面の塀の下にうずくまっている黒い人影一つ……天守台石垣の右手斜めの方角」

「あ、確かに……大奥御座の間の庭園は、あの塀の向こうに広がっております」

「北浦殿の読みが、見事に当たったな」

「あ奴、ほぼ再建なったこの広大な城の隅から隅までを、知っているのでしょうか」

「火災直後に、再建工事の職人に化けさえすれば、城の何処へでも出入りできよう」

「なるほど。そう言えば、大火の直後は、幕閣と言えども右往左往で御坐いましたから」

宗重は乾二重櫓の濃い影の中を、向こうの人影目指し足音を忍ばせて歩き出した。

北浦大介も左手を刀に触れ、宗重のあとに従った。これも足音を殺した。

二人が櫓の影から出て月下に姿を浮かび上がらせた時、向こうの人影が気配を捉えたのか振り向いて立ち上がった。

月明りを浴びた顔は、まぎれもなく紅玉屋平六であった。

「北浦殿。手出し無用」

「はい」

宗重の足が、紅玉屋平六から七、八間のところで止まった。

紅玉屋平六は、肩衣半袴（かたぎぬはんばかま）の身繕いであった。地位ある、なかなかの侍に見える。

平六は一言も発せず、黙ったまま肩衣を脱（と）った。真顔であった。笑みもなければ、怒りも見せていない。だから女形（おやま）っぽい男前の顔が、一段と美しかった。背丈もあって、長身の宗重に見劣りしない。

北浦大介はゾクリとして、二人から離れた。死闘の展開を予感した。

宗重と平六の間を、ジリッと詰めたのは平六の方であった。

北浦大介の左手は、しっかりと刀に触れていた。宗重から「手出し無用」と言われてはいたが、万が一の場合は加勢するつもりであった。

宗重が、そして平六が、直立の姿勢のまま、静かに大刀を鞘から抜き滑らせた。月光を浴びて、二本の刃が一瞬、輝きを放つ。

北浦大介は更に二歩退がり、生唾（なまつば）を飲み下した。目前の不埒者の剣の腕が、鹿島新當流皆伝の自分よりも相当上、と判りかけていた。

宗重が左脚をゆっくりと退げつつ腰を落とし、五郎入道正宗を右膝の上で、右下段に構えた。

絵のように美しいこの構えこそ、次の一挙動で強烈な上段の構えに移れる〝念流無構（むがまえ）〟であった。相手の剣を誘い込み、誘い込んだその剣に乗り勝って斬撃する、いわば後手必勝の構えである。

その構えの余りの流麗さに、北浦大介は息を止めた。はじめて見る宗重の構えであった。

（凄い……）と、彼は思った。胸が熱くさえなった。

宗重から遅れて、今度は紅玉屋平六が構えた。

北浦大介の口から、「あっ」と小さな叫びが漏れた。

宗重と平六の耳には届かぬ程の、小さな叫びであった。

なんと紅玉屋平六がとった構えは、鹿島新當流〝車（しゃ）の構え〟であった。

北浦大介は、大きな衝撃を受けた。自分が修練を進めつつある剣法の、最も高度な技の一つを、目の前の不埒者は美しく見事に構えているのだ。

鹿島新當流の精神は、「身は深く与え、太刀は浅く残して心はいつも懸かりにて在り」である。その精神を最もよく表している、いわゆる脇構えと称するそれが、〝車の構え〟であった。右足を退いた両足を八字に開くかたちで、上体を相手に対しほぼ横に向け、刀を胸の前で右下段に構える。当然、左肘は相手に向かって高く大きく突き出されるかたちとなり、この肘に誘われて相手が斬り込んできたところを激しく斬り返す。これが車の構えであった。

北浦大介は、宗重よりも平六に気を取られた。車の構えを、これほど見事にとれる者は、鹿島新當流の中でも数少なく、その全員の姓名及び顔を大介は承知している。

だが、承知しているその中に目前の不埒者の顔はない。

大介には鹿島新當流で全く心当たりの無い、目の前の男であった。

宗重は、動かなかった。後手必勝の〝無構〞に微塵の揺れもない。

一方の、平六の〝車の構え〞の誘いにも、動揺はなかった。

異変に気付いたのか、北桔橋御門に詰めていた侍が一人、小走りにやって来た。

その侍に、北浦大介は五、六歩自分から足早に近付いて、何事か囁いた。

月明りの下で、その侍の顔が驚いた。侍は、矢間部文治朗だった。

二人は、静かに対峙する念流と鹿島新當流を見守った。

と、平六が遂に動いた。両の足が、地を摑むようにして、宗重へ躙り寄る。

体を硬くして見つめる矢間部の喉が、ゴクリと鳴った。

宗重との間をそろりと詰めながら、平六の構えが八相の構えに似た〝引の構え〟と変わった。

一気に変わるのではなく、時を刻むかのように、ゆっくりと変わった。剣を右肩に引きつけて立てることから、やはり左肘を大きく張って相手に与え（向け）、足はしっかりと八字に開いて左右円転の変化に備えている。

対する宗重は、依然として不動。だが北浦大介と矢間部文治朗は、「次だ」と予感した。次に激変が生じる、と感じた。剣客としての、直感だった。

それが当たった。

平六が頭から突っ込みざま、八相の構えから剣を打ち下ろした。誰の目にも、そう見えた。が、打ち下ろす直前、平六の体は踏み出していた右足先でトンと地を叩き、動きをいきなり止めて上体を左へ傾けていた。

八相の構えから打ち下ろされるであろう相手の剣を、受け払う態勢を取りかけていた宗重の反射的な本能が、それで乱れた。

猛烈な〝片手斬り〟が、宗重に一呼吸を与えずその右横面へ飛んだ。鹿島新當流の凄まじさは、この片手斬りにこそ凝集されている、と言ってよい。

五郎入道正宗が、辛うじて右横面を防禦した。まさに辛うじて、であった。

音立て、ぶつかり合って、月下に青い火花を散らした二本の剣。

相手の剣に激しくぶつかり押された五郎入道正宗の背峰が、宗重の額右を痛打し、夜目にも血花の散るのが判った。

二人はかなりの間を空けて再び離れ、対峙した。宗重の右の頰はたちまち血塗られたが、正眼に構えた彼の五郎入道正宗は切っ先に微かな揺れもなく静止していた。

北浦大介は、夜空を仰いだ。月が雲に隠れようとしていた。

闇が紅玉屋平六の背後で、少しずつ広がり出している。

（まずい……）と、北浦大介は思った。闇が平六を飲み込めば、宗重には、相手の動きが読み難くなる。

が、天は宗重に味方しなかった。濃い闇が、平六を飲み込んで、その姿を完全なまでに消してしまった。これが、江戸の夜というものであった。月が無ければ、大地は漆黒の闇に支配される。しかも、その闇が、宗重に近付きつつあった。闇に乗って、平六もそっと宗重に迫りつつある恐れがある。

北浦大介は黙って見ておれなくなり、宗重へ加勢しようと一歩を踏み出しかけた。その気配を感じたのか、宗重が、

「手出し無用……」

と言った刹那、闇を突き破るようにして、紅玉屋平六の刃が宙に躍り上がった。

思わず北浦大介は、目を閉じ首を竦めた。

鋼と鋼の激突音が五、六度連続し、直後、断末魔の悲鳴があがった。

目を見開いた北浦大介が、「あ……」とよろめいた。

矢間部文治朗も両脚を硬直させて突っ立ち、両目を見開いて口を大きく開けた。

宗重が倒れていた。その前で紅玉屋平六が、仁王立ちだった。

濃い闇が、闘い済んだ二人を、直ぐに包み込んだ。

四

翌日、昼八ツ時（午後二時ごろ）、水道橋駿河屋寮。

離れの座敷も、庭先も訪れた沈痛な表情の人また人で埋まっていた。

座敷に居揃っているのは、御三家筆頭尾張大納言徳川光友、御三家第二位紀州大納言徳川頼宣、宗重の父で元大老酒井讃岐守忠勝、老中稲葉美濃守正則、将軍家兵法師範柳生飛騨守宗冬、南町奉行神尾備前守元勝、そして宗重の恩師剣聖観是慈圓ら錚々（そうそう）たる顔ぶれであった。

その顔ぶれに囲まれた布団の上に、目を閉じ動きを忘れさった宗重の冷たい体が横たえられていた。

庭先に控えているのは、両御三家の家臣たち、百人番所伊賀組組頭中野与市郎と番士北浦大介、駿河屋寮を警護していた柳生衆の面々、南町奉行所の隠密方同心高伊久太郎らであった。

さらには少し離れた母屋の庭先に、大工で十手持ちの玄三、夜鷹の権次とその手下たちが、うなだれ息を殺して詰めている。

母屋の客間では、日本橋の駿河屋、相州屋、伏見屋の主人（あるじ）とその家族が、これも言葉一つなく沈鬱な空気の中にいた。

小野派一刀流の手練（てだれ）であるというのに、とりわけ咲の打ち沈み方はひどく、母親（もと乳母）に肩を抱かれていなければ、今にも崩れ伏してしまいそうであった。

離れの座敷では尾張大納言が、つと後ろを振り向いて、それまでの重苦しい沈黙を破った。

「もう一度訊く。何とかならぬのか」

声を掛けられたのは、尾張大納言の後ろに、少し離れて控えていた大男の南蛮医師 Christovão Ferreira（帰化名・沢野忠庵）であった。彼の宗重に対する懸命で虚しい手立ては、すでに幾度も講じ尽くされていた。

沢野忠庵は、尾張大納言に悲し気に首を横に振って見せた。

尾張大納言が溜息をつき、天井を仰いだ。

酒井忠勝が、居揃っている誰にという訳でもなく頭を下げ、物静かに言った。

長時間に亘りこうして宗重のまわりに座して戴き本人も充分以上に満足していることと思いますので今日のところはこれにてどうか御引きください、という意味の丁重な言葉であった。

尾張大納言が「うむ……」と宗重の頬にそっと手を触れつつ頷き、それが潮時となって皆の間に引き揚げの意思が広まった。

あとに一人残ろうとした沢野忠庵も、「先生もどうぞ……」と酒井忠勝に促されて座敷から出ていった。

母屋の客間にいた者たちも、母屋の庭先に控えていた市井の者たちも立ち去って、駿河屋寮はひっそりとなった。

いや、一人居残った者がいた。咲であった。

彼女は阿季に伴なわれて離れへ行き、このとき初めて酒井忠勝と対面して挨拶をし、許しを得て宗重の枕元に阿季と並んで座った。

とたん、はらはらと涙がこぼれ落ちた。

酒井忠勝が腕組をして目を閉じ、阿季が咲の背を優しくさすった。

宗重の額の右端と右側頭部の二か所が、沢野忠庵の手で縫合され、白布で頭部が巻かれていた。いずれの裂傷も、紅玉屋平六の凄まじい〝片手斬り〟を五郎入道正宗で受けた時に、その背峰で激しく打ったことが原因だった。

宗重ほどの剣客が、凶刀を受けた五郎入道正宗の背峰で頭部を強打してしまうほど、平六の片手斬りの威力は激烈なものであった。

だが北浦大介と鹿島新當流の同門である矢間部文治朗は、平六の片手斬りをはるかに超越する宗重の恐るべき斬撃剣を、一人はっきりと目にしていた。

自刀の背峰で側頭部を強打して倒れた宗重の前で、紅玉屋平六が仁王立ちとなっていたのは、ほんの僅かの間であった。

次の瞬間、平六の両腕は、肘のところから切り離されボタッと地に落ちていたのである。

ただ、矢間部文治朗がはっきりと目にしたのは、その〝結果〟だけであって、宗重の剣がどのように動いたのか全く見えていなかった。

それほど、刹那的な剣さばきであった、ということだろう。

「大丈夫、宗重はきっと意識を取り戻しますよ。この子は、それだけの修練を積んできた武士であると、この母は信じています」

阿季に耳元でそっと言われて、咲は白い指先で涙を拭いながら「はい」と答えた。

「お殿様……」

阿季が目を閉じている酒井忠勝に控え目な声を掛け、目を開けた彼に、表情で促して見せた。

酒井忠勝が「おお、そうか」というように小さく頷き返し、ゆっくりと腰を上げた。

「咲さん、私たちは母屋の方にいますから、宗重が気付いたなら呼びに来てくださいね」

「心細う御坐います。どうぞ一緒に居て下さりませ御母様」

「あなた一人で付き添っていた方が、宗重の意識は早く戻りますよ」

阿季が今日はじめての笑みを、微かに口元に見せた。宗重が自刀で頭を強打し体温も異常なほど下がっているというのに、この母は、一度として取り乱すことがなかった。父酒井忠勝も、また然(しか)りである。

　離れの座敷にひとり残された咲は、言葉語らぬ宗重との間を更に詰めると、胸先までかけられている布団をそっと捲(めく)り、まるで氷のようになっている腕を摩(さす)り始めた。異性の肌に掌(てのひら)を触れる生娘(きむすめ)の恥じらいなど、忘れ去っていた。

　咲にしてみれば、それは必死であった。腕から胸へ、胸から腹部へ、そして脚へと咲の両掌は摩り続け、また腕に戻って幾度も繰り返した。

　一刻（約二時間）ほどの間、休むことなく続けている間に、宗重の肌は次第に赤みを帯び出した。

咲の手も、甲から手首にかけてまで、紅色に染まり出していた。

阿季が盆に茶と菓子をのせて縁に立ったが、それにさえ気付かぬ咲であった。

その懸命な姿に胸打たれた阿季は、思わず目を瞬いた。

彼女は静かに数歩あとずさると、さり気なく声をかけながら座敷へ入っていった。

「まあまあ、宗重はすっかり咲さんに手間をかけさせていますねえ。さ、ひと休みなさい。私が代わりましょう」

「もう暫く、私に続けさせて下さいませ御母様」

「無理をすると、お疲れが出ますよ」

「体力には自信が御坐います」

「あ、そう言えば咲さんは、宗重が驚くほど小野派一刀流を心得ているのでしたね」

「いいえ。それほどでも御坐いません……」

はにかむ咲を、目を細めて優しく見つめた阿季は、引き続きあとを彼女に任せて部屋を出た。

その上品な足音が遠ざかっていった時である。宗重の唇が二度、僅かな反応を見せ、ハッとした咲が両掌の動きを止めた。

彼女は、宗重の耳元へ形よい口を近付けた。胸が高鳴っていた。

「宗重様……」と咲は、囁いた。

庭先で、メジロが鳴き出した。咲の囁きに、答えているかのようであった。

「帰って来て下さいませ宗重様」と、咲の声は一層小さくなる。

「………」

「咲は……咲は宗重様を……お慕い致しております」

「………」

「お願い……私（わたくし）のところへ……帰って来てください」

咲の大粒の涙が、宗重の頰に一粒、二粒と落ちて弾けた。

とたん、宗重が、しっかりと両の目を見開いた。まるで、咲の落涙が、己（おの）が頰に落ちるのを待っていたかのような、不思議な覚醒（かくせい）であった。そうとしか、言いようがなかった。

咲は立ち上がると、部屋を出て母屋へ急いだ。

「御母様」と声を上げたいのを、辛うじて堪えていた。

酒井忠勝と阿季と咲が離れの座敷に戻ってみると、宗重は布団の上に正座をして、側頭部に手を触れていた。

「気が付いたようじゃな宗重」

「あ、父上。私は意識を失うておりましたか」

「うむ。かなり長くな。沢野忠庵先生が、よく手を尽くしてくれた。どうじゃ、記憶力などに濁りはないようか」

「はい。意識を失うまでのことは、はっきりと覚えております。城中で紅玉屋平六なる賊徒と対峙しまして、其奴の剣を受けた自分の刀の背峰で頭部を強く叩いてしまいました」

「心配かけおって。まだまだ未熟じゃのう。もっと修練せい」

「申し訳ありませぬ」

「少し前まで尾張殿、紀州殿はじめ大勢の者たちが、お前を案じてこの小屋敷を訪れたことを忘れるでない。傷が癒えたなら、一人一人に対し謝意を伝えて回ることを忘れてはならぬ。よいな」

「左様で御坐いましたか。はい、きちんと処しまする」

「その際、口に出すことは謝意だけでよい。今度の城中での騒ぎについては、この父が手を打ち幕を引いた。お前は、これ迄にあった事件も含めて、一切を忘れてよい。いや、必ず忘れねばならぬ」

「父上……」

「南町奉行のことは心配いらぬわ。この父が動いた結果を信頼せい」

「あ、ありがとう御坐います」

「それから城中で非公式に上様とお会いするにしろ、この父の耳へは一言入れるものじゃ。お前は、わが子ではないか。この父は、わが子が困るような動きは取らぬ。過ぎたる口出しもせぬ。ただな宗重よ……」

「はい」

「わが子が窮地に立たされた時、この父は動かねばならぬのじゃ。わが子を救うてやるためにな。だから、この父の存在を決して忘れてはならぬぞ。判ったな」

「ち、父上……」

「お殿様……」

母と子は、未だなお幕閣に絶大な影響力を有している酒井忠勝の熱い言葉に、深く頭を下げた。

咲も、目を潤ませて、目尻にそっと指先を当てた。

「私はこれで本邸へ戻るが……」

酒井忠勝はそこで言葉を切ると、視線を咲へ移した。

「その方、米穀商伏見屋の一人娘咲と申すのであったな」

「はい」

「誠に爽（さわ）やかな美しい人柄じゃの。うん、実に美しい人柄じゃ。宗重のこと、陰ながらこれからも面倒見てやってくれい」

「わたくしのような者に、勿体ない御言葉で御坐います」

「ゆっくり大切に養生せいよ宗重」

酒井忠勝はそう言いながら立ち上がり、見送るべく阿季も咲もそれに続いた。

正座のままの宗重は布団の上に両手をつき、父に心を込め敬意を表した。

側頭部が、強く疼（うず）いていた。

「宗重」

「は」

宗重は顔を上げ、父と目を合わせた。

「今度は、ようやった。手柄じゃ」

そう言い残し、酒井忠勝は座敷から出ていった。

宗重は、父親の温もりを、これほど感じたことはなかった。両の目から涙が、こぼれ落ちた。

五

七日目の朝、宗重は気持よく目を醒ました。

沢野忠庵は毎日診に訪れ、「縫合部はすでにしっかりと固着しており、もう心配はない」という、昨日の診断であった。

宗重は、五郎入道正宗を手にして、静かな庭先に降り立った。

母屋は、もう動き出していた。ときおり食器の触れ合う音などが、聞こえてくる。味噌汁や炊飯の匂いが漂ってくるには、母屋と離れの間はいささか距離がある。

り過ぎた。

阿季と賄方(まかない)の老女の遣り取りも、聞こえてきた。

宗重は五郎入道正宗を腰に帯び、心を研ぎ澄ませて鞘を払った。

丹念に刃を検(み)ていったが、さすがに五郎入道正宗、刃毀れ一つ無かった。一体いかなる鍛造の仕方でこれほど強靭な刀が出来上がるのか、その不可思議さに宗重は溜息さえ吐いた。

宗重は紅玉屋平六の凶刀を五郎入道正宗で受けた時の、激しい衝撃を思い出しながら、その時の自分が取った反射的な動きを幾度も繰り返した。

(あの衝撃は、生半可なものではなかった。私の知る限りでは、あれはまぎれもなく示現(じげん)流のもの)

宗重は、そう思った。しかし北浦大介は、紅玉屋平六の構えを鹿島新當流、と見ている。

ということは、紅玉屋平六は鹿島新當流と示現流の両方を修業したのではないか、ということになる。

示現流は、剣技の流れとしては天真正自顕(てんしんしょうじげん)流の十瀬与左衛門長宗を流祖としてはいる。だが、この天真正自顕流の優れた継承者である京都天寧寺（北区寺町鞍馬口下ル）の僧善吉（同寺に墓現存）が、薩摩・大隅・日向の支配者島津義久（一五三三年～一六一一年）に従って上洛中だった其の家臣東郷重位に、天真正自顕流の精神と技と自身の剣術思想を伝えた（一五八八年）ことが、「示現流」の起こりに直接つながっていた。

つまり僧善吉こそが「示現流」の流祖であり、東郷重位こそが示現流の「名」「技」「精神」のまぎれもなき草創者であった。

徹底した立木打の猛稽古から生まれる〝打の剛剣〟は、特に渾身の第一撃を刀で受ける（防禦する）ことは非常に難しいとされており、ここから「示現流の初太刀は必ず外せ」という理が生まれたりしていた。

阿季と賄方の老女の遣り取りが、また宗重の耳に微かにだが届いた。

咲は宗重が意識を取り戻してから三日の間、付き添っていたが、阿季に強く促され既に伏見屋へ戻っている。むろん、阿季が伏見屋まで見送って、主人の伏見屋傳造に対し丁重に謝意を伝えたことは、言うまでもない。

宗重は紅玉屋平六の〝打の剛剣〟を受けた瞬間のことを思い出しながら、自分が取った〝受け〟のかたちを何度も再現してみた。手の動き、上体の傾き、左右の脚の開きや位置、それらを出来る限り細かく思い出そうとしながら、なぜ自分が自刀の背峰(みね)で頭を強打したのか分析しようとした。

「まだまだ未熟じゃのう。もっと修練せい」と言った父酒井忠勝の言葉が、ときおり脳裏をかすめる。

両腕の筋力には、自信を持っている宗重であった。しかも凶刀を受けた刀は名刀五郎入道正宗である。正宗は相手の刀に打ち負けてはいないのに、宗重の腕の筋肉が打ち負け、そのため自刀の背峰で頭を強く打ってしまったということになる。

(技と技の競り合いでは、私は平六に負けていたのかも……)とさえ思う、宗重であった。

阿季が、朝食の準備が整ったことを伝えに来た。

「どうですか宗重。刀の素振りで頭に痛みが走ることはありませぬか」

「それは大丈夫です。本当に御心配をお掛け致しました」

「ならば、尾張様、紀州様、稲葉様、柳生様ほかの皆様がたを、なるべく早くに御訪ねし御礼を述べねばなりませぬよ」

「心得ております。今日にでも動いてみましょう」

「頭に傷を負うておるゆえ編笠をかむって、お出かけなさい。笠の紐は、どうやら傷に触れぬようですから」

「ええ。そう致しましょう」

「さ、朝餉をお済ましなされ」

「はい」

「慈圓先生を一番に御訪ねすることを、忘れてはなりませぬよ」

宗重は縁側に上がり、刀を床の間に置いて母屋の食事の間に向かった。

この屋敷には台所と接する板敷きの、炉付き広間があって、その板敷き広間に続くかたちで十二畳敷の、食事の間が設けられていた。

家族はこの食事の間で食事をし、女中や小者たちにとっては隣の板敷き広間が、食事や語らいの場であった。

宗重の膳には、玄米の飯と蜆の味噌汁に、豆腐、魚の乾物が用意されていた。

この献立でも、厳しい剣術修業に専念する宗重の栄養面が、考慮されている。

一日の摂取総量と栄養との釣合を、阿季が母親としての経験と直感とによって毎日帳面に記し、賄方はそれに従うのだった。

朝食を済ませた宗重は、母と少し雑談を交わしてから、編笠をかむり屋敷を出た。

先ず恩師観是慈圓を訪ねるべく、神楽坂上の臨済宗長安寺へ足を向けた。

黒毛の疾風は、城中での事件の直後に、百人番所伊賀組組頭中野与市郎の手によって、柳生家へ戻されていた。これによって柳生家は事件の詳細を知り、飛驒守宗冬が矢継ぎ早に手を打ち、酒井忠勝が動くなどして〝幕が引かれた〟のである。

宗重は疾風が気に入っていた。しかし駿河屋寮へ置くとなれば、厩の新設、給餌と飼育の専門知識、それらに伴なう費用、と考えなければならないことが色々と出てくる。

とりわけ経済的なことについては、酒井家本邸への遠慮もあって、あまり父に負担をかけたくない宗重であった。

となれば、自分で禄を得るしかない。

上様の求めである、書院番組頭の職に就くべきか、と宗重は迷った。

できれば現在（いま）のまま、野（や）に居たかった。

宗重は水戸中納言邸の前を通り過ぎ、大外濠川に沿って牛込御門の方角へ歩いた。牛込御門の前あたりを西へ折れて直ぐの辺りが、神楽坂だ。その先に在（あ）る臨済宗長安寺の少し向こうが、酒井忠勝の本邸である。

心地良い朝のそよ風に当たって歩きながら、宗重は再び紅玉屋平六との対峙を思い出していた。

大外濠川を、野菜を満載した猪牙船が、幾艘も漕ぎ下っていく。朝市へでも向かうのだろう。

（平六の剛剣は、矢張り風の如く躱（かわ）すべきであった。柔よく剛を制す……私はそれを忘れ、あ奴の剛剣を剛で受けてしまった）

宗重は、それが自分の〝敗因〟である、と結論付けた。頭という重要な部分に気を失うほどの打撃を受けた以上、「平六を制した」とは思っていない宗重であった。

大外濠川に、江戸川（現・神田川）の流れが注ぎ込んでいる船河原（ふなかわら）橋（現・飯田橋あたり）の手前まで来たころ、勤めに出る職人たちの姿が通りに目立ち出した。宗重に挨拶をして通り過ぎる者もいる。

彼は舩河原橋の中ほどで足を止めて欄干に肘をつき、川風に頰を撫でられながら、もう一度「柔よく剛を制す……だった」と自分に呟いて聞かせた。

このとき宗重は、いま来た道を、こちらへ走ってくる者がいるのに気付いた。向こうでも手を振った。

十手持ち大工の、玄三であった。

宗重の前までやって来た玄三は、ゼイゼイと喉を鳴らしながら、破顔した。

「いやあ、よございました。若様の御体調が心配で、仕事の往き帰りには必ず御屋敷の前を通るように致しておりやした」

「すまぬ。心配をかけたようだな」

「いま御屋敷の御門前で、母上様とばったり出会い、若様が長安寺へ向かわれたとお聞きしまして、追いかけて参りやした。本当に、もう大丈夫なんで御坐いましょうね」

「沢野忠庵という偉い先生も、太鼓判を押してくれた。安心してくれ」

「そのお言葉を、高伊の旦那もどれほど待っていますことか。これから、ひとっ走りして知らせて参りやす」

「玄三はいま、何処で大工仕事をしているのだ」

「棟梁（とうりょう）が風邪で熱を出し寝込んじまったもので、あっしが代わりに神田、上野、浅草の工事場三か所を見て回っているんで御坐んすよ」

「それは大変だな」

「大変ですが、仕事があるってえのは有難いことで御坐いまして」

「それは、そうだ」

「そうそう若様。先日、仕事の帰りに、上野広小路で坊主頭の貝原篤信さんに呼び止められましてね。なんでも間もなく江戸を離れ、京都へ行くってんですよ」

「知っている。実は彼は、福岡藩邸に詰めている六人扶持の下士らしくてな」

「えっ、左様で御坐んしたか。道理で町人には見えねえ人だと思っておりやした」

　宗重は、貝原篤信の京都行きの事情について、玄三に簡単に打ち明けた。

「となると、酒の席でも設けてやりとう御坐んすね若様」

「うん。夜鷹の権次とその手下たちにも、たっぷり飲ませてやりたい。ひとつ手配りしてくれぬか玄三」

「あっしで宜しければ喜んで……思いついたが吉日と申しますから、若様の御体調がよければ忍ぶ酒で今夜にでも……」

「いいだろう。私なら平気だ。心配ない」

宗重は、招いてやりたい者たちの名を、順に玄三に告げていった。

かなりの人数に膨れあがったが、玄三はしっかりと復誦し、「それじゃあ……」と韋駄天(いだてん)の如く宗重の前から走り去った。

好ましい奴だ、と宗重は遠ざかっていく玄三の後ろ姿を、見送った。

宗重の負傷を自分のことのように心配しながらも、その原因となったことにはアレコレ立ち入って訊くことのない玄三であった。隠密方同心高伊久太郎を通じて南町奉行の指示が行き届いているのか。それとも、玄三の人間性からくる特有の心配りが働いているのか。

こういった町方が身近にいるのは、今の宗重にとっては有難かった。

が、貝原篤信の送別の宴を今夜行なうとなると、参加させる相州屋の娘芳のことが心配になってきた。なにしろ妹のように可愛がってきた芳である。それでも篤信に対する芳の気持が、どの程度のものか、はっきりと摑みきれていない宗重であった。男女の仲のことになると、どうもよく判らない。

六

宗重は芳のことを気遣いながら、臨済宗長安寺の山門を潜った。

境内を掃き清めていた老寺男たちが、宗重に笑顔を向けて慇懃(いんぎん)に腰を折った。

宗重は言葉短く朝の挨拶を返すと、庫裏の庭伝いに奥へ向かった。

恩師観是慈圓の姿は、いつも居る奥座敷にはなかった。

庭先から縁に上がって編笠を取った宗重は、足音静かに道場の方へ行ってみた。

その足が道場の入口少し手前で止まった。

人と人との気迫が、伝わってきた。明らかに対峙することによって生じる気迫であった。しかし、険悪ではない。

宗重は、道場入口まで、そっと足を滑らせた。

なんと、櫺子(れんじ)窓から差し込む朝陽(あさひ)を横顔に浴びて、咲と観是慈圓が対峙していた。しかも咲は素手、剣聖慈圓の手には真剣があった。

宗重は見守った。恩師が咲に何を伝授しようとしているか判った。

咲は右脚を引いて軽く腰を落とし、両手は胸の前で八の字に構えていた。呼吸の乱れなく、落ち着いている。

一方の剣聖は、正眼の構えであった。

その剣が、次の瞬間、矢のように走った。

咲は逃げず避けず、腰を沈めざま自分から間尺を詰めるや、眉間に打ち下りてきた剣を両手で発止と挟み取り、その剣に上体を預けるようにして捻(ひね)った。

剣聖の体が、宙で一回転し、道場に叩きつけられた。

と見えたが、体を小さく丸めて一回転した老体は、ふわりと床に立っていた。

咲が三歩退がってひれ伏し、「有難う御坐いました」と涼しい声で礼を述べた。

「呼吸は摑めたようじゃの。だがな、まだ真剣を恐れておるぞ。真剣を恐れての白刃取りは危険じゃ。心を深く鎮めること、それを極めれば、お前様の白刃取りは大変な技となる。判ったかな」

「はい。精進に努めます」

慈圓が、剣を鞘に収め、くるりと体の向きを変えた。宗重は一礼し、道場へ入った。

「頭はどうじゃ宗重。まだ痛みはあるのか」

「いいえ、痛みは全くありません。今朝は頭の重みも消えて、すがすがしい気分です。今度(こたび)は御心配をおかけ致し、申し訳ございませんでした」

「すがすがしい気分か。それは結構」

宗重が訪れているとは全く気付いていなかったのか、咲が驚きとまどいながら立ち上がって、身嗜(みだしな)みを整える。

「宗重は咲の今の〝受け〟を、どう見た？」

「確かに、真剣に対する微かな恐れが身受けられました。ですが、そうでありながら先生の一撃を受けざま豪快に捻り技を決めるとは、なかなかのもの」

「だそうじゃ……」

剣聖が宗重から咲へ視線を移し、微笑んだ。

咲の顔が赤くなった。

「それにしても先生、咲はいつの間に、この難しい技を？」

「はじめて長安寺へ見えた次の日から、この道場へ熱心に通っておるわ。小野派一刀流の方を休んでまでな。知識・心・技ともに、優れた吸収力じゃよ」

「左様で御坐いましたか」

「ところで、お前ほどの者が今度は何故、頭に手傷を負うてしもうたか、自分で答えを見つけたか」

「見つけたつもりでおります」

「ならば、よい」

観是慈圓は宗重と咲を残し、道場を出ていった。

咲は、宗重の顔を、まともに見ることが出来なかった。宗重が意識を取り戻してから三日間、咲は駿河屋寮にとどまっていたが、その間も宗重の顔を見られないでいた。原因は、意識を失っている宗重に対し告白した、彼女自身の言葉にあった。

「咲には本当に色々と世話になったな」

宗重に間近に寄られて、咲は耳を朱色に染めた。

「少し御母様を御手伝いしただけですから……」

「何か礼をせねば私の気が済まぬ。いま何か欲しい物はないか。たとえば櫛（くし）とか簪（かんざし）とか紅とか」

「何も欲しくありません。本当に、少し御母様を御手伝いしただけですから」

「では、こうしよう。近いうち二人で上野、浅草あたりを、手弁当を持って歩こうか。手弁当は母に頼んでみる」

「はい。それなら御供いたします。御母様の手弁当づくりは、私にも御手伝いさせてください」

「それはいい。母は咲のことが大層気に入っているようだから、喜ぶだろう」

「では、日が決まれば教えてくださいますか」

「礼の気持ですることだから、早い方がいいな。四、五日の内に出かける、ということにしようか。どうだ」

「承知いたしました」

咲はようやく視線を上げて、宗重を見た。嬉しかった。宗重と二人で上野、浅草を歩いている自分の姿が、瞼（まぶた）の裏に浮かんだ。

伏見小町と言われている美貌の咲が町家の通りを歩くだけで、男たちの視線が絡みついて離れない。当日はおそらく、後をつけてくる男どもで、宗重の方がとまどうことだろう。そのことで、「咲は誰にも触れさせぬ」という気持が宗重の心の内に生じてくれば、目出度いのだが。

「さ、先生に旨い茶でも差し上げてくれぬか」

「かしこまりました」

宗重が踵を返して歩き出すと、ごく自然に触れ寄った咲の右手が、彼の着流しの袖を軽く摑まえた。幸せそうであった。

（完）

■「門田泰明時代劇場」刊行リスト■

ひぐらし武士道
『大江戸剣花帳』（上・下）
徳間文庫 平成十六年十月
光文社文庫 平成二十四年十一月
新装版 徳間文庫 令和二年一月

ぜえろく武士道覚書
『斬りて候』（上・下）
光文社文庫 平成十七年十二月

ぜえろく武士道覚書
『一閃なり』（上）
光文社文庫 平成十九年五月

ぜえろく武士道覚書
『一閃なり』（下）
光文社文庫 平成二十年五月

浮世絵宗次日月抄
『命賭け候』
徳間書店 平成二十年二月
徳間文庫 平成二十一年三月
祥伝社文庫 平成二十七年十一月
（加筆修正等を施し、特別書下ろし作品を収録して『特別改訂版』として刊行）

ぜえろく武士道覚書
『討ちて候』（上・下）
祥伝社文庫 平成二十二年五月

浮世絵宗次日月抄
『冗談じゃねえや』
徳間文庫 平成二十二年十一月
光文社文庫 平成二十六年十二月
（加筆修正等を施し、特別書下ろし作品を収録して『特別改訂版』として刊行）

浮世絵宗次日月抄
『任せなせえ』　光文社文庫　平成二十三年六月

浮世絵宗次日月抄
『秘剣　双ツ竜』　祥伝社文庫　平成二十四年四月

浮世絵宗次日月抄
『奥傳　夢千鳥』　光文社文庫　平成二十四年六月

浮世絵宗次日月抄
『半斬ノ蝶』（上）　祥伝社文庫　平成二十五年三月

浮世絵宗次日月抄
『半斬ノ蝶』（下）　祥伝社文庫　平成二十五年十月

浮世絵宗次日月抄
『夢剣　霞ざくら』　光文社文庫　平成二十五年九月

拵屋銀次郎半畳記
『無外流　雷がえし』（上）　徳間文庫　平成二十五年十一月

拵屋銀次郎半畳記
『無外流　雷がえし』（下）　徳間文庫　平成二十六年三月

浮世絵宗次日月抄
『汝　薫るが如し』　光文社文庫（特別書下ろし作品を収録）　平成二十六年十二月

浮世絵宗次日月抄 『皇帝の剣』（上・下）	祥伝社文庫 （特別書下ろし作品を収録）	平成二十七年十一月
拵屋銀次郎半畳記 『俠客』（一）	徳間文庫	平成二十九年一月
浮世絵宗次日月抄 『天華の剣』（上・下）	光文社文庫	平成二十九年二月
拵屋銀次郎半畳記 『俠客』（二）	徳間文庫	平成二十九年六月
拵屋銀次郎半畳記 『俠客』（三）	徳間文庫	平成三十年一月
浮世絵宗次日月抄 『汝よさらば』（一）	祥伝社文庫	平成三十年三月
拵屋銀次郎半畳記 『俠客』（四）	徳間文庫	平成三十年八月
浮世絵宗次日月抄 『汝よさらば』（二）	祥伝社文庫	平成三十一年三月
拵屋銀次郎半畳記 『俠客』（五）	徳間文庫	平成三十一年五月
浮世絵宗次日月抄 『汝よさらば』（三）	祥伝社文庫	令和元年十月

本書は2004年10月徳間文庫として
刊行されたものの新装版です。

徳間文庫

ひぐらし武士道
大江戸剣花帳（おおえどけんかちょう） 下
〈新装版〉

2020年1月15日 初刷
著者 門田泰明（かどたやすあき）
発行者 平野健一
発行所 株式会社徳間書店
東京都品川区上大崎三−一−一 〒141−8202
目黒セントラルスクエア
電話 編集〇三（五四〇三）四三四九
販売〇四九（二九三）五五二一
振替 〇〇一四〇−〇−四四三九二
印刷
製本 大日本印刷株式会社

ISBN978-4-19-894526-8 （乱丁、落丁本はお取りかえいたします）